Sempé / Goscinny

Joachim
a des ennuis

Supplément réalisé par
Christian Biet,
Jean-Paul Brighelli,
Camille Fabien,
Jean-Pierre Gattégno
et Jean-Luc Rispail

Illustrations de Sempé et Philippe Munch

SOMMAIRE

POURRIEZ-VOUS FAIRE PARTIE DE LA BANDE DES VENGEURS ?

Publié précédemment par les Éditions Denoël :
ISBN 2-07-033444-9
© Éditions Denoël, 1964, pour le texte et les illustrations
© Éditions Gallimard, 1987, pour la présente édition
Dépôt légal : Octobre 1990
1er dépôt légal dans la même collection : Septembre 1987
No d'éditeur : **50872** — No d'imprimeur : 52896
Imprimé en France sur les presses de l'Imprimerie Hérissey

Jean-Jacques Sempé est né le 17 août 1932 à Bordeaux. Chahuteur, prompt à la dissipation, il se fait renvoyer de son école pour indiscipline. Il décide alors de consacrer sa vie au rire. Il donne des dessins humoristiques à différents magazines : *Paris-Match, Punch, L'Express,* et crée plusieurs albums. Vous connaissez certainement Marcellin Caillou, l'enfant qui rougit sans savoir pourquoi et jamais quand il le faut.

En 1954, avec René Goscinny déjà père du célèbre Astérix, il met au monde le petit Nicolas. Celui-ci hérite du caractère turbulent de Sempé, de sa vivacité et de sa tendresse. Question de génétique ? non, question de talent !

René Goscinny est né le 14 août 1926 à Paris, mais il passe toute son enfance en Argentine. Etudes secondaires au collège français de Buenos Aires, et retour en France.

Période habituelle des vaches maigres, petit métiers, puis les débuts dans le journalisme.

Il collabore au journal *Pilote* pour lequel il crée, avec son ami le dessinateur Uderzo, Astérix et Obélix, les champions tonitruants d'une Gaule généreuse et débraillée. Le succès est immédiat, foudroyant même et prolongé.

Il écrit aussi les frasques et les naïvetés redoutables du cher petit Nicolas, écolier à malice.

René Goscinny est mort d'une crise cardiaque en 1977, alors qu'il subissait des examens médicaux destinés à tester sa résistance cardiaque.

Collection folio junior

dirigée par
Jean-Olivier Héron
et Pierre Marchand

Sempé/Goscinny

Joachim a des ennuis

Denoël

Joachim a des ennuis

Joachim n'est pas venu hier à l'école et il est arrivé en retard aujourd'hui, l'air très embêté, et nous on a été très étonnés. On n'a pas été étonnés que Joachim soit en retard et embêté, parce qu'il est souvent en retard et toujours embêté quand il vient à l'école, surtout quand il y a interrogation écrite de grammaire ; ce qui nous a étonnés, c'est que la maîtresse lui ait fait un grand sourire, et lui ait dit :

— Eh bien, félicitations, Joachim ! Tu dois être content, n'est-ce pas ?

Nous, on a été de plus en plus étonnés, parce que si la maîtresse a déjà été gentille avec Joachim (elle est très chouette et elle est gentille avec n'importe qui), elle ne l'a jamais, jamais félicité. Mais ça n'a pas eu l'air de lui faire plaisir, à Joachim, qui, toujours embêté, est allé s'asseoir à son banc, à côté de Maixent. Nous, on s'était tous retournés pour le regarder, mais la maîtresse a tapé sur son bureau avec sa règle et elle nous a dit de ne pas nous dissiper, de nous occuper de nos affaires et de copier ce qu'il y avait au tableau, sans faire de fautes, je vous prie.

Et puis, j'ai entendu la voix de Geoffroy, derrière moi :

— Faites passer ! Joachim a eu un petit frère !

A la récré, on s'est mis tous autour de Joachim, qui était appuyé contre le mur, avec les mains dans les poches, et on lui a demandé si c'était vrai qu'il avait eu un petit frère.

— Ouais, nous a dit Joachim. Hier matin, Papa m'a réveillé. Il était tout habillé et pas rasé, il rigolait, il m'a embrassé et il m'a dit que, pendant la nuit, j'avais eu un petit frère. Et puis il m'a dit de m'habiller en vitesse et nous sommes allés dans un hôpital, et là, il y avait Maman ; elle était couchée, mais elle avait l'air aussi contente que Papa, et près de son lit, il y avait mon petit frère.

— Ben, j'ai dit, toi t'as pas l'air tellement content !

— Et pourquoi je serais content ? a dit Joachim. D'abord, il est moche comme tout. Il est tout petit, tout rouge et il crie tout le temps, et tout le monde trouve ça rigolo. Moi, quand je crie un peu, à la maison, on me fait taire tout de suite, et puis Papa me dit que je suis un imbécile et que je lui casse les oreilles.

— Ouais, je sais, a dit Rufus. Moi aussi, j'ai

un petit frère, et ça fait toujours des histoires. C'est le chouchou et il a le droit de tout faire, et si je lui tape dessus, il va tout raconter à mes parents, et puis après je suis privé de cinéma, jeudi !

— Moi, c'est le contraire, a dit Eudes. J'ai un grand frère et c'est lui le chouchou. Il a beau dire que c'est moi qui fais des histoires, lui, il me tape dessus, il a le droit de rester tard pour regarder la télé et on le laisse fumer !

— Depuis qu'il est là, mon petit frère, on m'attrape tout le temps, a dit Joachim. A l'hôpital, Maman a voulu que je l'embrasse, mon petit frère, et moi, bien sûr, je n'en avais pas envie, mais j'y suis allé quand même, et Papa s'est mis à crier que je fasse attention, que j'allais renverser le berceau et qu'il n'avait jamais vu un grand empoté comme moi.

— Qu'est-ce que ça mange, quand c'est petit comme ça ? a demandé Alceste.

— Après, a dit Joachim, nous sommes retournés à la maison, Papa et moi, et ça fait tout triste, la maison, sans Maman. Surtout que c'est Papa qui a fait le déjeuner, et il s'est fâché parce qu'il ne trouvait pas l'ouvre-boîtes, et puis après on a eu seulement des sardines et des tas de petits pois. Et ce matin, pour le petit déjeuner, Papa s'est mis à crier après moi, parce que le lait se sauvait.

— Et tu verras, a dit Rufus. D'abord, quand ils le ramèneront à la maison, il va dormir dans la chambre de tes parents, mais après, on va le mettre dans ta chambre à toi. Et chaque fois qu'il se mettra à pleurer, on croira que c'est toi qui l'as embêté.

— Moi, a dit Eudes, c'est mon grand frère qui couche dans ma chambre, et ça ne me gêne pas trop, sauf quand j'étais tout petit, ça fait longtemps, et que cette espèce de guignol s'amusait à me faire peur.

— Ah ! non ! a crié Joachim. Ça, il peut toujours courir, mais il ne couchera pas dans ma chambre ! Elle est à moi, ma chambre, et il n'a qu'à s'en trouver une autre s'il veut dormir à la maison !

— Bah ! a dit Maixent. Si tes parents disent que ton petit frère couche dans ta chambre, il couchera dans ta chambre, et voilà tout.

— Non, monsieur ! Non, monsieur ! a crié

Joachim. Ils le coucheront où ils voudront, mais pas chez moi ! Je m'enfermerai, non mais sans blague !

— C'est bon, ça, des sardines avec des petits pois ? a demandé Alceste.

— L'après-midi, a dit Joachim, Papa m'a ramené à l'hôpital, et il y avait mon oncle Octave, ma tante Edith et puis ma tante Lydie, et tout le monde disait que mon petit frère ressemblait à des tas de gens, à Papa, à Maman, à l'oncle Octave, à tante Edith, à tante Lydie et même à moi. Et puis on m'a dit que je devais être bien content, et que maintenant il faudrait que je sois très sage, que j'aide ma Maman et que je travaille bien à l'école. Et Papa a dit qu'il espérait bien que je ferais des efforts, parce que jusqu'à présent je n'étais qu'un cancre, et qu'il fallait que je devienne un exemple pour mon petit frère. Et puis après, ils ne se sont plus occupés de moi, sauf Maman, qui m'a embrassé et qui m'a dit qu'elle m'aimait bien, autant que mon petit frère.

— Dites, les gars, a dit Geoffroy, si on faisait une partie de foot, avant que la récré se termine ?

— Tiens ! a dit Rufus, quand tu voudras sortir pour aller jouer avec les copains, on te dira de rester à la maison pour garder ton petit frère.

— Ah ! oui ? Sans blague ! Il se gardera tout seul, celui-là ! a dit Joachim. Après tout, personne ne l'a sonné. Et j'irai jouer chaque fois que j'en aurai envie !

— Ça fera des histoires, a dit Rufus, et puis on te dira que tu es jaloux.

— Quoi ? a crié Joachim. Ça, c'est la meilleure !

Et il a dit qu'il n'était pas jaloux, que c'était bête de dire ça, qu'il ne s'en occupait pas, de son petit frère ; la seule chose, c'est qu'il n'aimait pas qu'on l'embête et qu'on vienne coucher dans sa chambre, et puis qu'on l'empêche d'aller jouer avec les copains, et que lui il n'aimait pas les chouchous, et que si on l'embêtait trop, eh bien il quitterait la maison, et c'est tout le monde qui serait bien embêté, et qu'ils pouvaient le garder, leur Léonce, et que tout le monde le regretterait bien quand il serait parti, surtout quand ses parents sauraient qu'il était capitaine sur un bateau de guerre et qu'il gagnait beaucoup d'argent, et que de toute façon il en avait assez de la maison et de l'école, et qu'il n'avait besoin de personne, et que tout ça, ça le faisait drôlement rigoler.

— Qui c'est, Léonce ? a demandé Clotaire.

— C'est mon petit frère, tiens, a répondu Joachim.

— Il a un drôle de nom, a dit Clotaire.

Alors, Joachim s'est jeté sur Clotaire et il lui a donné des tas de baffes, parce qu'il nous a dit que s'il y avait une chose qu'il ne permettait pas, c'est qu'on insulte sa famille.

La lettre

Je suis drôlement inquiet pour Papa, parce qu'il n'a plus de mémoire du tout.

L'autre soir, le facteur est venu apporter un grand paquet pour moi, et j'étais très content parce que j'aime bien quand le facteur apporte des paquets pour moi, et c'est toujours des cadeaux que m'envoie Mémé, qui est la maman de ma Maman, et Papa dit qu'on n'a pas idée de gâter comme ça un enfant, et ça fait des histoires avec Maman, mais là il n'y a pas eu d'histoires et Papa était très content parce que le paquet n'était pas de Mémé, mais de M. Moucheboume, qui est le patron de Papa. C'était un jeu de l'oie — j'en ai déjà un — et il y avait une lettre dedans pour moi :

« A mon cher petit Nicolas, qui a un papa si travailleur.

« Roger Moucheboume. »

— En voilà une idée ! a dit Maman.

— C'est parce que l'autre jour, je lui ai rendu un service personnel, a expliqué Papa. Je suis allé faire la queue à la gare, pour lui prendre des places pour partir en voyage. Je trouve que d'avoir envoyé ce cadeau à Nicolas est une idée charmante.

— Une augmentation aurait été une idée encore plus charmante, a dit Maman.

— Bravo, bravo ! a dit Papa. Voilà le genre de remarques à faire devant le petit. Eh bien, que suggères-tu ? Que Nicolas renvoie le cadeau à Moucheboume en lui disant qu'il préfère une augmentation pour son papa ?

— Oh ! non, j'ai dit.

Parce que c'est vrai : même si j'en ai déjà un, jeu de l'oie, l'autre je pourrai l'échanger à l'école avec un copain pour quelque chose de mieux.

— Oh ! a dit Maman, après tout, si tu es content que l'on gâte ton fils, moi je ne dis plus rien.

Papa a regardé le plafond en faisant « non » avec la tête et en serrant la bouche, et puis après il m'a dit que je devrais remercier M. Moucheboume par téléphone.

— Non, a dit Maman. Ce qui se fait dans ces cas-là, c'est écrire une petite lettre.

— Tu as raison, a dit Papa. Une lettre, c'est préférable.

— Moi, j'aime mieux téléphoner, j'ai dit.

Parce que c'est vrai, écrire, c'est embêtant, mais téléphoner c'est rigolo, et à la maison on ne me laisse jamais téléphoner, sauf quand c'est Mémé qui appelle et qui veut que je vienne lui faire des baisers. Elle aime drôlement ça, Mémé, que je lui fasse des baisers par le téléphone.

— Toi, m'a dit Papa, on ne t'a pas demandé ton avis. Si on te dit d'écrire, tu écriras !

Alors là, c'était pas juste ! Et j'ai dit que je n'avais pas envie d'écrire, et que si on ne me laissait pas téléphoner je n'en voulais pas, de ce sale jeu de l'oie, que de toute façon j'en avais déjà un qui était très bien et que si c'était comme ça, je préférais que M. Moucheboume donne une augmentation à Papa. C'est vrai, quoi, à la fin, non mais sans blague !

— Tu veux une claque et aller te coucher sans dîner ? a crié Papa.

Alors, je me suis mis à pleurer, Papa a demandé ce qu'il avait fait pour mériter ça et Maman a dit que si on n'avait pas un peu de calme, c'est elle qui irait se coucher sans dîner, et qu'on se débrouillerait sans elle.

— Écoute, Nicolas, m'a dit Maman. Si tu es sage et si tu écris cette lettre sans faire d'histoires, tu pourras prendre deux fois du dessert.

Moi, j'ai dit que bon (c'était de la tarte aux abricots !) et Maman a dit qu'elle allait préparer le dîner et elle est partie dans la cuisine.

— Bon, a dit Papa. Nous allons faire un brouillon.

Il a pris un papier dans le tiroir de son bureau, un crayon, il m'a regardé, il a mordu le crayon et il m'a demandé :

— Voyons, qu'est-ce que tu vas lui dire, à ce vieux Moucheboume ?

— Ben, j'ai dit, je sais pas. Je pourrais lui dire que même si j'ai déjà un jeu de l'oie, je suis très content parce que le sien je vais l'échanger à l'école avec les copains ; il y a Clotaire qui a une voiture bleue terrible, et...

— Oui, bon, ça va, a dit Papa. Je vois ce que c'est. Voyons... Comment allons-nous commencer ?... Cher monsieur... Non... Cher monsieur Moucheboume... Non, trop familier... Mon cher monsieur... Hmm... Non...

— Je pourrais mettre : « Monsieur Moucheboume », j'ai dit.

Papa m'a regardé, et puis il s'est levé et il a crié vers la cuisine :

— Chérie ! Cher monsieur, Mon cher monsieur, ou Cher monsieur Moucheboume ?

— Qu'est-ce qu'il y a ? a demandé Maman en sortant de la cuisine et en s'essuyant les mains dans son tablier.

Papa lui a répété, et Maman a dit qu'elle mettrait « Cher monsieur Moucheboume », mais Papa a dit que ça lui semblait trop familier et qu'il se demandait si « Cher monsieur tout court » ça ne serait pas mieux. Maman a dit que non, que « Cher monsieur tout court » c'était trop sec et qu'il ne fallait pas oublier que c'était un enfant qui écrivait. Papa a dit que justement « Cher monsieur Moucheboume » ça n'allait pas pour un enfant, que ce n'était pas assez respectueux.

— Si tu as décidé, a demandé Maman, pourquoi me déranges-tu ? J'ai mon dîner à préparer, moi.

— Oh ! a dit Papa, je te demande pardon de t'avoir dérangée dans tes occupations. Après tout, il ne s'agit que de mon patron et de ma situation !

— Parce que ta situation dépend de la lettre de Nicolas ? a demandé Maman. En tout cas, on ne fait pas tant d'histoires quand c'est maman qui envoie un cadeau !

Alors, ça a été terrible ! Papa s'est mis à crier, Maman s'est mise à crier, et puis elle est partie dans la cuisine en claquant la porte.

— Bon, m'a dit Papa, prends le crayon et écris.

Je me suis assis au bureau et Papa a commencé la dictée :

— Cher monsieur, virgule, à la ligne... C'est avec joie... Non, efface... Attends... C'est avec plaisir... Oui, c'est ça... C'est avec plaisir que j'ai eu la grande surprise... Non... Mets l'immense surprise... Ou non, tiens, il ne faut rien exagérer... Laisse la grande surprise... La grande surprise de recevoir votre beau cadeau... Non... Là, tu peux mettre votre merveilleux cadeau... Votre merveilleux cadeau qui m'a fait tant plaisir... Ah ! non... On a déjà mis plaisir... Tu effaces plaisir... Et puis tu

mets Respectueusement... Ou plutôt, Mes salutations respectueuses... Attends...

Et Papa est allé dans la cuisine, j'ai entendu
crier et puis il est revenu tout rouge.

— Bon, il m'a dit, mets : « Avec mes salutations respectueuses », et puis tu signes. Voilà.

Et Papa a pris mon papier pour le lire, il a ouvert des grands yeux, il a regardé le papier de nouveau, il a fait un gros soupir et il a pris un autre papier pour écrire un nouveau brouillon.

— Tu as un papier à lettres, je crois ? a dit Papa. Un papier avec des petits oiseaux dessus, que t'a donné tante Dorothée pour ton anniversaire ?

— C'étaient des lapins, j'ai dit.

— C'est ça, a dit Papa. Va le chercher.

— Je ne sais pas où il est, j'ai dit.

Alors, Papa est monté avec moi dans ma chambre et nous nous sommes mis à chercher, et tout est tombé de l'armoire, et Maman est arrivée en courant et elle a demandé ce que nous étions en train de faire.

— Nous cherchions le papier à lettres de Nicolas, figure-toi, a crié Papa, mais il y a un désordre terrible dans cette maison ! C'est incroyable !

Maman a dit que le papier à lettres était dans le tiroir de la petite table du salon, qu'elle commençait à en avoir assez et que son dîner était prêt.

J'ai recopié la lettre de Papa et j'ai dû recommencer plusieurs fois, à cause des fautes, et puis aussi à cause de la tache d'encre. Maman est venue nous dire que tant pis, le dîner serait brûlé, et puis j'ai fait l'enveloppe trois fois, et Papa a dit qu'on pouvait aller dîner, et moi j'ai demandé un timbre à Papa, et Papa a dit « Ah ! oui », et il m'a donné un timbre, et j'ai eu deux fois du dessert. Mais Maman ne nous a pas parlé pendant le dîner.

Et c'est le lendemain soir que j'ai été drôlement inquiet pour Papa, parce que le téléphone a sonné, Papa est allé répondre et il a dit :

— Allô ?... Oui... Ah ! Monsieur Moucheboume !... Bonsoir, monsieur Moucheboume... Oui... Comment ?

Alors, Papa a fait une tête tout étonnée et il a dit :

— Une lettre ?... Ah ! c'est donc pour ça que ce petit cachottier de Nicolas m'a demandé un timbre, hier soir !

La valeur de l'argent

J'ai fait quatrième à la composition d'histoire ; on a eu Charlemagne et je le savais, surtout avec le coup de Roland et son épée qui casse pas.

Papa et Maman ont été très contents quand ils ont su que j'étais quatrième, et Papa a sorti son portefeuille et il m'a donné, devinez quoi ? Un billet de dix francs !

— Tiens, bonhomme, m'a dit Papa, demain, tu achèteras ce que tu voudras.

— Mais... Mais, chéri, a dit Maman, tu ne crois pas que c'est beaucoup d'argent pour le petit ?

— Pas du tout, a répondu Papa ; il est temps que Nicolas apprenne à connaître la valeur de l'argent. Je suis sûr qu'il dépensera ces dix nouveaux francs d'une façon raisonnable. N'est-ce pas, bonhomme ?

Moi, j'ai dit que oui, et j'ai embrassé Papa et Maman ; ils sont chouettes, et j'ai mis le billet dans ma poche, ce qui m'a obligé à dîner d'une seule main, parce qu'avec l'autre je vérifiais si le billet était toujours là. C'est vrai que jamais je n'en avais eu d'aussi gros à moi tout seul. Oh ! bien sûr, il y a des fois où Maman me donne beaucoup d'argent pour faire des courses à l'épicerie de M. Compani, au coin de la rue, mais ce n'est pas à moi et Maman me dit combien de monnaie doit me rendre M. Compani. Alors, c'est pas la même chose.

Quand je me suis couché, j'ai mis le billet sous l'oreiller, et j'ai eu du mal à m'endormir. Et puis j'ai rêvé des drôles de choses, avec le monsieur qui est sur le billet et qui regarde de côté, qui se mettait à faire des tas de grimaces, et puis la grande maison qui est derrière lui devenait l'épicerie de M. Compani.

Quand je suis arrivé à l'école, le matin, avant d'entrer en classe, j'ai montré le billet aux copains.

— Eh ben, dis donc, a dit Clotaire, et qu'est-ce que tu vas en faire ?

— Je sais pas, j'ai répondu. Papa me l'a donné pour que je connaisse la valeur de l'argent, et il faut que je le dépense d'une façon raisonnable. Moi, ce que j'aimerais, c'est m'acheter un avion, un vrai.

— Tu peux pas, m'a dit Joachim, un vrai avion, ça coûte au moins mille francs.

— Mille francs ? a dit Geoffroy, tu rigoles ! Mon papa m'a dit que ça coûtait au moins trente mille francs, et un petit, encore.

Là, on s'est tous mis à rire, parce que Geoffroy, il raconte n'importe quoi, il est très
menteur.

— Pourquoi n'achèterais-tu pas un atlas ?
m'a dit Agnan, qui est le premier de la classe et
le chouchou de la maîtresse. Il y a de belles
cartes, des photos instructives, c'est très utile.

— Tu voudrais tout de même pas, j'ai dit,
que je donne de l'argent pour avoir un livre ?
Et puis, les livres, c'est toujours Tata qui me
les donne pour mes anniversaires ou quand je
suis malade ; j'ai pas encore fini celui que j'ai
eu pour les oreillons.

Agnan, il m'a regardé, et puis il est parti
sans rien dire et il s'est remis à repasser sa
leçon de grammaire. Il est fou, Agnan !

— Tu devrais acheter un ballon de foot, pour qu'on puisse tous y jouer, m'a dit Rufus.

— Tu rigoles, j'ai dit. Le billet, il est à moi, je vais pas acheter des choses pour les autres. D'abord, t'avais qu'à faire quatrième en histoire si tu voulais jouer au foot.

— T'es un radin, m'a dit Rufus, et si t'as fait quatrième en histoire, c'est parce que t'es le chouchou de la maîtresse, comme Agnan.

Mais j'ai pas pu donner une claque à Rufus, parce que la cloche a sonné et on a dû se mettre en rang pour aller en classe. C'est toujours la même chose : quand on commence à s'amuser, ding ding, il faut aller en classe. Et puis, quand on a été en rang, Alceste est arrivé en courant.

— Vous êtes en retard, a dit le Bouillon, notre surveillant.

— C'est pas ma faute, a dit Alceste, il y avait un croissant de plus pour le petit déjeuner.

Le Bouillon a fait un gros soupir et il a dit à Alceste de se mettre en rang et d'essuyer le beurre qu'il avait sur le menton.

28

En classe, j'ai dit à Alceste, qui est assis à côté de moi : « T'as vu ce que j'ai ? » et je lui ai montré le billet.

Alors, la maîtresse a crié :

— Nicolas ! Qu'est-ce que c'est que ce papier ? Apportez-le-moi immédiatement, il est confisqué.

Je me suis mis à pleurer et j'ai porté le billet à la maîtresse, qui a ouvert des grands yeux.

— Mais elle a dit, la maîtresse, qu'est-ce que vous faites avec ça ?

— Je ne sais pas encore, j'ai expliqué ; c'est Papa qui me l'a donné pour le coup de Charlemagne.

La maîtresse, j'ai vu qu'elle se forçait pour ne pas rigoler ; ça lui arrive quelquefois et elle est très jolie quand elle fait ça ; elle m'a rendu le billet, elle m'a dit de le mettre dans ma poche, qu'il ne fallait pas jouer avec de l'argent

et que je ne le dépense pas pour des bêtises. Et puis elle a interrogé Clotaire, et je ne crois pas que son papa le payera pour la note qu'il a eue.

A la récré, pendant que les autres jouaient, Alceste m'a tiré par le bras et il m'a demandé ce que j'allais faire avec mon argent. Je lui ai dit que je ne savais pas ; alors il m'a dit qu'avec les dix francs, je pourrais avoir des tas de tablettes de chocolat.

— Tu pourrais en acheter cinquante ! Cinquante tablettes, tu te rends compte ? m'a dit Alceste, vingt-cinq tablettes pour chacun !

— Et pourquoi je te donnerais vingt-cinq tablettes, j'ai demandé ; le billet, il est à moi !

— Laisse-le, a dit Rufus à Alceste, c'est un radin !

Et ils sont partis jouer, mais moi je m'en fiche, c'est vrai, quoi, à la fin, qu'est-ce qu'ils ont tous à m'embêter avec mon argent ?

Mais l'idée d'Alceste était très bonne, pour les tablettes de chocolat. D'abord, j'aime bien le chocolat, et puis je n'ai jamais eu cinquante tablettes à la fois, même chez Mémé, qui me donne pourtant tout ce que je veux. C'est pour

ça qu'après l'école, je suis allé en courant dans la boulangerie, et quand la dame m'a demandé ce que je voulais, je lui ai donné mon billet et je lui ai dit : « Des tablettes pour tout ça, vous devez m'en donner cinquante, m'a dit Alceste. »

La dame a regardé le billet, m'a regardé moi, et elle a dit :

— Où as-tu trouvé ça, mon petit garçon ?

— Je l'ai pas trouvé, j'ai dit, on me l'a donné.

— On t'a donné ça pour que tu achètes cinquante tablettes de chocolat ? m'a demandé la dame.

— Ben oui, j'ai répondu.

— Je n'aime pas les petits menteurs, m'a dit la dame ; tu ferais mieux de remettre ce billet où tu l'as trouvé.

Et comme elle m'a fait les gros yeux, je me suis sauvé et j'ai pleuré jusqu'à la maison.

A la maison, j'ai tout raconté à Maman ; alors elle m'a embrassé et elle m'a dit qu'elle allait arranger ça avec Papa. Et Maman a pris le billet et elle est allée voir Papa qui était dans le salon. Et puis Maman est revenue avec une pièce de vingt centimes :

— Tu achèteras une tablette de chocolat avec ces vingt centimes, m'a dit Maman.

Et moi, j'ai été bien content. Je crois même que je vais donner la moitié de ma tablette à Alceste, parce que c'est un copain, et avec lui, on partage tout.

On fait le marché
avec Papa

Après dîner, Papa a fait les comptes du mois avec Maman.

— Je me demande où passe l'argent que je te donne, a dit Papa.

— Ah ! j'aime bien quand tu me dis ça, a dit Maman, qui pourtant n'avait pas l'air de rigoler.

Et puis elle a expliqué à Papa qu'il ne se rendait pas compte de ce que coûtait la nourriture et que s'il allait faire le marché, il comprendrait, et qu'on ne devait pas discuter devant le petit.

Papa a dit que tout ça c'était des blagues, que si lui s'occupait d'aller acheter les choses, on ferait des économies et on mangerait mieux, et que le petit n'avait qu'à aller se coucher.

— Eh bien, puisque c'est comme ça, tu feras les courses, toi qui es si malin, a dit Maman.

— Parfaitement, a répondu Papa. Demain, c'est dimanche, et j'irai au marché. Tu verras comme moi je ne me laisse pas faire !

— Chic, j'ai dit, je pourrai y aller, moi aussi ? Et on m'a envoyé me coucher.

Le matin, j'ai demandé à Papa si je pouvais l'accompagner et Papa a dit que oui, que c'étaient les hommes qui faisaient le marché aujourd'hui. Moi j'étais drôlement content, parce que j'aime bien sortir avec mon Papa, et le marché, c'est chouette. Il y a du monde et ça crie partout, c'est comme une grande récré qui sentirait bon. Papa m'a dit de prendre le filet à provisions et Maman nous a dit au revoir en rigolant.

— Tu peux rire, a dit Papa, tu riras moins quand nous serons revenus avec des bonnes choses que nous aurons payées à des prix abordables. C'est que nous, les hommes, on ne se laisse pas rouler. Pas vrai, Nicolas ?

— Ouais, j'ai dit.

Maman a continué à rigoler et elle a dit qu'elle allait faire chauffer l'eau pour cuire les langoustes que nous allions lui rapporter, et nous sommes allés chercher la voiture dans notre garage.

Dans l'auto, j'ai demandé à Papa si c'était vrai que nous allions ramener des langoustes.

— Et pourquoi pas ? a dit Papa.

Là où nous avons eu du mal, c'est pour trouver où garer. Il y avait des tas de monde qui allait au marché. Heureusement, Papa a vu une place libre — il a l'œil, mon Papa, — et il a garé.

— Bien, a dit Papa, nous allons prouver à ta mère que c'est facile comme tout de faire le marché, et nous allons lui apprendre à faire des économies. Pas vrai, bonhomme ?

Et puis, Papa s'est approché d'une marchande qui vendait des tas de légumes, il a regardé et il a dit que les tomates, ce n'était pas cher.

— Donnez-moi un kilo de tomates, il a demandé, Papa.

La marchande a mis cinq tomates dans le filet à provisions et elle a dit :

— Et avec ça, qu'est-ce que je vous mets ?

Papa a regardé dans le filet, et puis il a dit :

— Comment ? Il n'y a que cinq tomates dans un kilo ?

— Et qu'est-ce que vous croyez, a demandé la dame, que pour le prix vous aurez une plantation ? Les maris, quand ça vient faire le marché, c'est tous du pareil au même.

— Les maris, on se laisse moins rouler que nos femmes, voilà tout ! a dit Papa.

— Répétez ça un peu, si vous êtes un homme ? a demandé la marchande, qui ressemblait à M. Pancrace, le charcutier de notre quartier.

Papa a dit : « Bon, ça va, ça va » ; il m'a laissé porter le filet et nous sommes partis, pendant que la marchande parlait de Papa à d'autres marchandes.

Et puis, j'ai vu un marchand avec plein de poissons sur sa table et des grosses langoustes :

— Regarde, papa ! Des langoustes ! j'ai crié.

— Parfait, a dit Papa, allons voir ça.

Papa, il s'est approché du marchand, et il a

demandé si les langoustes étaient fraîches. Le marchand lui a expliqué qu'elles étaient spéciales. Quant à être fraîches, il pensait que oui, puisqu'elles étaient vivantes, et il a rigolé.

— Oui, bon, a dit Papa, à combien la grosse, là, qui remue les pattes ?

Le marchand lui a dit le prix et Papa a ouvert des yeux gros comme tout.

— Et l'autre, là, la plus petite ? a demandé Papa.

Le marchand lui a dit le prix de nouveau et Papa a dit que c'était incroyable et que c'était une honte.

— Dites, a demandé le marchand, c'est des langoustes ou des crevettes que vous voulez acheter. Parce que ce n'est pas du tout le même prix. Votre femme aurait dû vous prévenir.

— Viens, Nicolas, a dit Papa, nous allons chercher autre chose.

Mais moi, j'ai dit à Papa que ce n'était pas la peine d'aller ailleurs, que ces langoustes me paraissaient terribles, avec leurs pattes qui remuaient, et que la langouste c'est drôlement bon.

— Ne discute pas et viens, Nicolas, m'a dit Papa. Nous n'achèterons pas de langouste, voilà tout.

— Mais, Papa, j'ai dit, Maman fait chauffer de l'eau pour les langoustes, il faut en acheter.

— Nicolas, m'a dit Papa, si tu continues, tu iras m'attendre dans la voiture.

Alors, là, je me suis mis à pleurer ; c'est vrai, quoi, c'est pas juste.

— Bravo, a dit le marchand, non seulement vous êtes radin et vous affamez votre famille, mais en plus, vous martyrisez ce pauvre gosse.

— Mêlez-vous de ce qui vous regarde, a crié Papa, et d'abord, on ne traite pas les gens de radins quand on est un voleur !

— Un voleur, moi ? a crié le marchand, vous voulez une baffe ?

Et il a pris une sole dans la main.

— Ça c'est bien vrai, a dit une dame ; le merlan que vous m'avez vendu avant-hier n'était pas frais. Même le chat n'en a pas voulu.

— Pas frais, mon merlan ? a crié le marchand.

Alors, il y a tout plein de gens qui sont venus et nous sommes partis pendant que tous se mettaient à discuter et que le marchand faisait des gestes avec sa sole.

— Nous rentrons, a dit Papa, qui avait l'air nerveux et fatigué ; il se fait très tard.

— Mais, Papa, j'ai dit, nous n'avons que cinq tomates. Moi, je crois qu'une langouste...

Mais Papa ne m'a pas laissé finir, il m'a tiré par la main, et comme ça m'a surpris, j'ai

lâché le filet à provisions, qui est tombé par terre. C'était gagné. Surtout qu'une grosse dame qui était derrière nous a marché sur les tomates, ça a fait « cruish », et elle nous a dit de faire attention. Quand j'ai ramassé le filet à provisions, ce qu'il y avait dedans, ça ne donnait pas faim.

— Il faudra qu'on retourne acheter d'autres tomates, j'ai dit à Papa. Pour ces cinq-là, c'est fichu.

Mais Papa n'a rien voulu entendre et nous sommes arrivés à la voiture.

Là, Papa n'a pas été content à cause de la contravention.

— Décidément, c'est le jour ! il a dit.

Et puis, nous nous sommes mis dans l'auto et Papa a démarré.

— Mais fais attention où tu mets ton filet, a crié Papa. J'ai plein de tomates écrasées sur mon pantalon ! Regarde un peu ce que tu fais !

Et c'est là que nous avons accroché le camion. A force de faire le guignol, ça devait arriver !

Quand nous sommes sortis du garage où on avait emmené l'auto — c'est pas grave, elle sera prête après-demain — Papa avait l'air fâché. C'est peut-être à cause des choses que lui avait dites le camionneur, un gros.

A la maison, quand Maman a vu le filet à provisions, elle allait commencer à dire quelque chose, mais Papa s'est mis à crier qu'il ne voulait pas de commentaires. Comme il n'y avait rien à manger dans la maison, Papa nous a emmenés en taxi au restaurant. C'était très chouette. Papa n'a pas beaucoup mangé, mais maman et moi on a pris de la langouste mayonnaise, comme pour le repas de communion de mon cousin Euloge. Maman a dit que Papa avait raison, que les économies, ça avait du bon.

J'espère que dimanche prochain, nous retournerons faire le marché avec Papa !

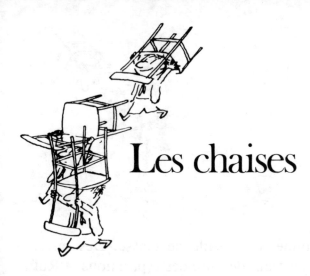

Les chaises

Ça a été terrible, à l'école, aujourd'hui !

Nous sommes arrivés ce matin, comme d'habitude, et quand le Bouillon (c'est notre surveillant) a sonné la cloche, nous sommes allés nous mettre en rang. Et puis tous les autres types sont montés dans leurs classes et nous, nous sommes restés seuls dans la cour de récré. On se demandait ce qui se passait, si la maîtresse était malade et si on allait nous renvoyer chez nous. Mais le Bouillon nous a dit de nous taire et de rester en rang. Et puis on a vu arriver la maîtresse et le directeur de l'école ; ils parlaient ensemble en nous regardant, et puis le directeur est parti et la maîtresse est venue vers nous.

— Les enfants, elle nous a dit, dans la nuit, une canalisation d'eau a gelé et a crevé, ce qui

43

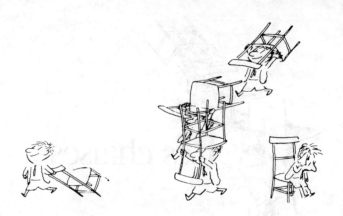

a inondé notre salle de classe. Des ouvriers sont en train de faire des réparations — Rufus, si ce que je dis ne vous intéresse pas, vous me ferez tout de même le plaisir de rester tranquille — et nous allons donc être obligés de faire la classe dans la buanderie. Je vous demande d'être très sages, de ne pas faire de désordre et de ne pas profiter de ce petit accident pour vous dissiper — Rufus, deuxième avertissement. En avant !

Nous, on était drôlement contents, parce que c'est amusant, quand il y a du changement à l'école. Là, par exemple, c'était chouette de suivre la maîtresse par le petit escalier en pierre qui descend vers la buanderie. L'école, on croit qu'on la connaît bien, mais il y a des tas d'endroits comme ça, où on ne va presque jamais parce que c'est défendu. Nous sommes arrivés dans la buanderie ; c'est pas très grand

et il n'y a pas de meubles, sauf un évier et une chaudière avec des tas de tuyaux.

— Ah ! oui, a dit la maîtresse, il faut aller chercher des chaises dans la salle à manger.

Alors, on a tous levé le doigt et on s'est mis à crier : « Je peux y aller, mademoiselle ? Moi, mademoiselle ! Moi ! » et la maîtresse a tapé avec sa règle sur l'évier, et ça faisait moins de bruit que sur son bureau, en classe.

— Un peu de silence ! a dit la maîtresse. Si vous continuez à crier, personne n'ira chercher les chaises et nous ferons la classe debout... Voyons... vous, Agnan, et puis Nicolas, Geoffroy, Eudes, et... et... et Rufus, qui pourtant ne le mérite pas, allez dans la salle à manger, sans vous dissiper, et là-bas on vous donnera des chaises. Agnan, vous qui êtes raisonnable, je vous rends responsable de l'expédition.

Nous sommes sortis de la buanderie drôlement contents, et Rufus a dit qu'on allait bien rigoler.

— Un peu de silence ! a dit Agnan.

— Toi, le sale chouchou, on ne t'a pas sonné ! a crié Rufus. Je ferai silence quand je voudrai, non, mais sans blague !

— Non, monsieur ! non, monsieur ! a crié Agnan. Tu feras silence quand moi je voudrai, parce que la maîtresse a dit que c'était moi qui commandais, et puis je ne suis pas un sale chouchou, et je me plaindrai, tiens !

— Tu veux une gifle ? a demandé Rufus.

Et la maîtresse a ouvert la porte de la buanderie et elle nous a dit :

— Bravo ! je vous félicite ! Vous devriez déjà être de retour et vous êtes encore en train de vous disputer devant la porte ! Maixent, prenez la place de Rufus. Rufus, vous étiez averti, retournez en classe !

Rufus a dit que ce n'était pas juste et la maîtresse lui a dit qu'il était un petit insolent, elle l'a averti encore une fois et elle lui a dit que s'il continuait elle finirait par le punir sévèrement, et Joachim a remplacé Geoffroy qui faisait des grimaces.

— Ah ! vous voici enfin ! nous a dit le Bouillon, qui nous attendait dans la salle à manger.

Et il nous a donné des chaises, on a dû faire plusieurs voyages, et comme on a fait un peu

les guignols dans les couloirs et les escaliers,
Clotaire a remplacé Eudes et moi j'ai été remplacé par Alceste. Mais après, j'ai remplacé
Joachim, et pendant que la maîtresse ne regardait pas, Eudes a fait encore un voyage sans
remplacer personne, et puis la maîtresse a dit
qu'il y avait assez de chaises comme ça et
qu'elle voulait un peu de calme, s'il vous plaît,
et le Bouillon est arrivé avec trois chaises. Il
est drôlement fort, le Bouillon, et il a demandé
s'il y avait assez de chaises comme ça, et la
maîtresse a dit qu'il y en avait de trop et qu'on
ne pouvait plus bouger tellement il y en avait,
et qu'il faudrait en remporter, des chaises, et
on a tous levé le doigt en criant : « Moi, mademoiselle ! Moi ! » Mais la maîtresse a tapé
avec sa règle sur la chaudière et c'est le Bouillon qui a remporté les chaises, et il a dû faire
deux voyages.

— Mettez les chaises en rang, a dit la maîtresse.

Alors, on a commencé à ranger les chaises,
et il y en avait partout, dans tous les sens, et la
maîtresse s'est drôlement fâchée ; elle a dit que

nous étions insupportables et c'est elle qui a rangé les chaises face à l'évier, et puis elle a dit de nous asseoir, et Joachim et Clotaire ont commencé à se pousser parce qu'ils voulaient tous les deux être assis sur la même chaise, dans le fond de la buanderie.

— Quoi encore ? a demandé la maîtresse. Vous savez que je commence à en avoir assez, moi ?

— C'est ma place, a expliqué Clotaire. En classe, je suis assis derrière Geoffroy.

— Peut-être, a dit Joachim, mais en classe, Geoffroy n'est pas assis à côté d'Alceste. Geoffroy n'a qu'à changer de place et tu te mettras derrière lui. Mais ça c'est ma place, près de la porte.

— Moi, je veux bien changer de place, a dit Geoffroy en se levant, mais il faudra que Nicolas me laisse sa chaise, parce que Rufus...

— Ce n'est pas un peu fini ? a dit la maîtresse. Clotaire ! Allez au coin !

— Lequel, mademoiselle ? a demandé Clotaire.

Parce que c'est vrai, en classe, Clotaire va toujours au même coin, celui qui est à gauche du tableau, mais là, dans la buanderie, tout est différent et Clotaire n'est pas encore habitué. Mais la maîtresse était drôlement nerveuse ; elle a dit à Clotaire de ne pas faire le pitre, qu'elle allait lui mettre un zéro, et Clotaire a vu que ce n'était pas le moment de faire le guignol et il a choisi le coin qui est juste de l'autre côté de l'évier ; il n'y a pas beaucoup de place, mais en se serrant, on arrive à s'y mettre au piquet. Joachim s'est assis tout content sur la chaise du fond, mais la maîtresse lui a dit que« non, mon petit ami, ce serait trop facile ; venez plutôt devant où je peux mieux vous surveiller », et Eudes a dû se lever pour donner sa place à Joachim, et pour les laisser passer on a dû tous se lever, et la maîtresse a donné des grands coups de règle contre les tuyaux de la chaudière en criant :

— Silence ! assis ! assis ! M'entendez-vous ? assis !

Et puis la porte de la buanderie s'est ouverte et le directeur est entré.

— Debout ! a dit la maîtresse.

— Assis ! a dit le directeur. Eh bien, félicitations ! Joli vacarme ! On vous entend dans toute l'école ! Ce ne sont que galopades dans les couloirs, cris, coups sur les tuyaux ! Magnifique ! Vos parents pourront être fiers de vous, bientôt, car on se conduit comme des sauvages et on finit au bagne, c'est bien connu !

— Monsieur le Directeur, a dit la maîtresse, qui est chouette comme tout et qui nous défend toujours, ils sont un peu énervés, avec ce local qui n'est pas conçu pour les recevoir, alors il y a un peu de désordre, mais ils vont être sages maintenant.

Alors, le directeur a fait un grand sourire et il a dit :

— Mais bien sûr, mademoiselle, bien sûr ! Je comprends très bien. Aussi, vous pouvez rassurer vos élèves ; les ouvriers m'ont promis que leur salle de classe sera parfaitement en état de les recevoir demain, quand ils viendront. Je pense que cette excellente nouvelle va les calmer.

Et quand il est parti, on a été contents que tout se soit si bien arrangé, jusqu'au moment où la maîtresse nous a rappelé que demain, c'était jeudi.

La lampe de poche

Comme j'ai fait septième en orthographe, Papa m'a donné de l'argent pour m'acheter ce que je voudrais, et à la sortie de l'école tous les copains m'ont accompagné au magasin où j'ai acheté une lampe de poche, parce que c'était ça que je voulais.

C'était une chouette lampe de poche que je voyais dans la vitrine chaque fois que je passais devant le magasin pour aller à l'école, et j'étais drôlement content de l'avoir.

— Mais qu'est-ce que tu vas en faire, de ta lampe de poche ? m'a demandé Alceste.

— Ben, j'ai répondu, ça sera très bien pour jouer aux détectives. Les détectives ont toujours une lampe de poche pour chercher les traces des bandits.

— Ouais, a dit Alceste, mais moi, si mon père m'avait donné un tas d'argent pour acheter quelque chose, j'aurais préféré le mille-feuille de la pâtisserie, parce que les lampes, ça s'use, tandis que les millefeuilles, c'est bon.

Tous les copains se sont mis à rigoler et ils ont dit à Alceste qu'il était bête et que c'était moi qui avais eu raison d'acheter une lampe de poche.

— Tu nous la prêteras, ta lampe ? m'a demandé Rufus.

— Non, j'ai dit. Si vous en voulez, vous n'avez qu'à faire septièmes en orthographe, non mais sans blague !

Et nous nous sommes quittés fâchés et nous ne nous parlerons plus jamais.

A la maison, quand j'ai montré ma lampe à Maman, elle a dit :

— Tiens ? En voilà une drôle d'idée ! Enfin, au moins, avec ça tu ne nous casseras pas les oreilles. Monte faire tes devoirs, en attendant.

Je suis monté dans ma chambre, j'ai fermé

les persiennes pour qu'il fasse bien noir et puis je me suis amusé à envoyer le rond de lumière partout : sur les murs, au plafond, sous les meubles et sous mon lit, où, tout au fond, j'ai trouvé une bille que je cherchais depuis longtemps et que je n'aurais jamais retrouvée si je n'avais pas eu ma chouette lampe de poche.

J'étais sous le lit quand la porte de ma chambre s'est ouverte, la lumière s'est allumée et Maman a crié :

— Nicolas ! où es-tu ?

Et quand elle m'a vu sortir de dessous le lit, Maman m'a demandé si je perdais la tête et qu'est-ce que je faisais dans le noir sous mon lit ; et quand je lui ai expliqué que je jouais avec ma lampe, elle m'a dit qu'elle se demandait où j'allais chercher des idées comme ça, que je la ferais mourir et qu'en attendant, « Regarde-moi dans quel état tu t'es mis », et « Veux-tu faire tes devoirs tout de suite, tu joueras après », et « Il a vraiment de drôles d'idées, ton père ».

Maman est sortie, j'ai éteint la lumière et je me suis mis au travail. C'est très chouette de faire les devoirs avec une lampe de poche, même si c'est de l'arithmétique ! Et puis Maman est revenue dans la chambre, elle a allumé la grosse lumière et elle n'était pas contente du tout.

— Je croyais t'avoir dit de faire tes devoirs avant de jouer ? m'a dit Maman.

— Mais j'étais en train de les faire, mes devoirs, je lui ai expliqué.

— Dans l'obscurité ? Avec cette petite lampe ridicule ? Mais tu vas te crever les yeux, Nicolas ! a crié Maman.

J'ai dit à Maman que ce n'était pas une petite lampe ridicule, et qu'elle donnait une lumière terrible, mais Maman n'a rien voulu savoir et elle a pris ma lampe, et elle a dit qu'elle me la rendrait quand j'aurais fini mes devoirs. J'ai essayé de pleurer un coup, mais je sais qu'avec Maman ça ne sert presque jamais à rien, alors j'ai fait mon problème le plus vite possible. Heureusement, c'était un problème facile et j'ai tout de suite trouvé que la poule pondait 33,33 œufs par jour.

Je suis descendu en courant dans la cuisine et j'ai demandé à Maman qu'elle me rende ma lampe de poche.

— Bon, mais sois sage, m'a dit Maman.

Et puis Papa est arrivé et je suis allé l'embrasser, et je lui ai montré ma chouette lampe de poche, et il a dit que c'était une drôle d'idée, mais qu'enfin, avec ça je ne casserais les oreilles de personne. Et puis il s'est assis dans le salon pour lire son journal.

— Je peux éteindre la lumière ? je lui ai demandé.

— Éteindre la lumière ? a dit Papa. Ça ne va pas, Nicolas ?

— Ben, c'est pour jouer avec la lampe, j'ai expliqué.

— Il n'en est pas question, a dit Papa. Et puis je ne peux pas lire mon journal dans l'obscurité, figure-toi.

— Mais justement, j'ai dit. Je te ferai de la lumière avec ma lampe de poche, ça sera très chouette !

— Non, Nicolas ! a crié Papa. Tu sais ce que ça veut dire : non ? Eh bien non ! Et ne me casse pas les oreilles, j'ai eu une journée fatigante, aujourd'hui.

Alors, je me suis mis à pleurer, j'ai dit que c'était pas juste, que ça ne valait pas la peine de faire septième en orthographe si, après, on ne vous laissait pas jouer avec votre lampe de poche, et que si j'avais su, je n'aurais pas fait le problème avec le coup de la poule et des œufs.

— Qu'est-ce qu'il a, ton fils ? a demandé Maman, qui est venue de la cuisine.

— Oh ! rien, a dit Papa. Il veut que je lise mon journal dans le noir, ton fils, comme tu dis.

— La faute à qui ? a demandé Maman. C'était vraiment une drôle d'idée de lui acheter une lampe de poche.

— Je ne lui ai rien acheté du tout ! a crié Papa. C'est lui qui a dépensé son argent sans réfléchir ; je ne lui ai pas dit d'acheter cette lampe idiote ! Je me demande quelquefois de qui il tient cette manie de jeter l'argent par les fenêtres !

— Ce n'est pas une lampe idiote ! j'ai crié.

— Oh ! a dit Maman, j'ai compris cette fine allusion. Mais je te ferai remarquer que mon oncle a été victime de la crise, tandis que ton frère Eugène...

— Nicolas, a dit Papa, monte jouer dans ta chambre ! Tu as une chambre, non ? Alors, vas-y. Moi, j'ai à parler avec Maman.

Alors, je suis monté dans ma chambre et je me suis amusé devant la glace ; j'ai mis la lampe sous ma figure et ça fait ressembler à un fantôme, et puis j'ai mis la lampe dans ma

bouche et on a les joues toutes rouges, et j'ai
mis la lampe dans ma poche et on voit la
lumière à travers le pantalon, et j'étais en train
de chercher des traces de bandits quand
Maman m'a appelé pour me dire que le dîner
était prêt.

A table, comme personne n'avait l'air de
rigoler, je n'ai pas osé demander qu'on éteigne
la lumière pour manger, et j'espérais que les
plombs sauteraient, comme ça arrive quelquefois, et tout le monde aurait été bien content de
l'avoir, ma lampe, et puis, après dîner, je serais
descendu avec Papa à la cave, pour lui donner
de la lumière pour arranger les plombs. Il ne
s'est rien passé, c'est dommage, mais heureusement il y avait de la tarte aux pommes.

Je me suis couché, et dans mon lit j'ai lu un
livre avec ma lampe de poche, et Maman est
entrée et elle m'a dit :

— Nicolas, tu es insupportable ! Éteins cette
lampe et dors ! Ou alors, tiens, donne-moi la
lampe, je te la rendrai demain matin.

— Oh ! non... oh ! non, j'ai crié.

— Qu'il la garde, sa lampe ! a crié Papa, et

qu'on ait un peu de paix, dans cette maison !

Alors, Maman a fait un gros soupir, elle est partie et moi je me suis mis sous ma couverture, et là, avec la lampe, c'était chouette comme vous ne pouvez pas vous imaginer, et puis je me suis endormi.

Et quand Maman m'a réveillé, la lampe était au fond du lit, elle était éteinte et elle ne voulait plus se rallumer !

— Bien sûr, a dit Maman. La pile est usée et c'est impossible de la remplacer. Enfin, tant pis, va faire ta toilette.

Et pendant que nous prenions le petit déjeuner, Papa m'a dit :

— Écoute, Nicolas, cesse de renifler. Que cela te serve de leçon : tu as utilisé l'argent que je t'avais donné pour acheter quelque chose dont tu n'avais pas besoin et qui s'est tout de suite cassé. Ça t'apprendra à être plus raisonnable.

Eh bien, ce soir, Papa et Maman vont être drôlement contents de voir comme j'ai été raisonnable. Parce qu'à l'école, j'ai échangé ma lampe qui ne marche plus contre le chouette sifflet à roulette de Rufus, qui marche très bien !

La roulette

Geoffroy, qui a un papa drôlement riche qui lui achète tout ce qu'il veut, apporte tout le temps des choses terribles à l'école.

Aujourd'hui, il est venu avec une roulette dans son cartable, et il nous l'a montrée à la récré. Une roulette, c'est une petite roue avec des numéros peints dessus, et où il y a une bille blanche.

— On fait tourner la roue, nous a expliqué Geoffroy, et quand elle s'arrête, la bille se met en face d'un des numéros ; et si on a parié que c'est en face de ce numéro qu'elle allait s'arrêter, bing ! on a gagné à la roulette.

— Ça serait trop facile, a dit Rufus. Il y a sûrement un truc.

— Moi, j'ai vu comment on y joue dans un film de cow-boys, nous a dit Maixent. Mais la roulette était truquée, alors le jeune homme sortait son revolver, il tuait tous les ennemis, il sautait par la fenêtre pour monter sur son cheval et il partait au galop, tacatac, tacatac, tacatac !

— Ah ! je savais bien qu'il y avait un truc ! a dit Rufus.

— Imbécile, a dit Geoffroy, c'est pas parce que la roulette du film de cet imbécile de Maixent était truquée, que ma roulette est truquée aussi !

— Qui est un imbécile ? ont demandé Rufus et Maixent.

— Moi, j'ai vu qu'on jouait à la roulette dans une pièce à la télé, a dit Clotaire. Il y avait une nappe sur une table avec des numéros, et les gens mettaient des fiches sur les numéros, et ils s'énervaient drôlement quand ils les perdaient, leurs fiches.

— Oui, a dit Geoffroy, dans la boîte où il y avait ma roulette, il y avait aussi une nappe verte avec des numéros et des tas de fiches, mais ma mère n'a pas voulu que j'amène tout à l'école. Mais ça ne fait rien, on pourra jouer quand même.

Et Geoffroy nous a dit qu'on n'aurait qu'à parier sur des numéros, et que lui ferait tourner

la roulette, et que le numéro qui sortirait ga-
gnerait.

— Et avec quoi on va jouer, j'ai demandé,
puisqu'on n'a pas de fiches ?

— Ben, a dit Geoffroy, on a tous des sous.
Alors, on va jouer avec les sous, tant pis ; on
fera comme si c'étaient des fiches. Celui qui
gagne prend tous les sous des copains.

— Moi, a dit Alceste, qui mangeait sa
deuxième tartine de la récré, mes sous, j'en ai
besoin pour acheter un petit pain au chocolat,
à la sortie.

— Ben justement, a dit Joachim, si tu gagnes
les sous des copains, tu pourras acheter des tas
de petits pains au chocolat.

— Ah ! oui ? a dit Eudes. Alors, parce que le
gros a choisi par hasard un numéro, il va se
payer des petits pains au chocolat avec mes
fiches ? Jamais de la vie ! C'est pas du jeu, ça !

Et Alceste, qui n'aime pas qu'on l'appelle le
gros, s'est drôlement fâché, et il a dit qu'il
allait gagner tout l'argent d'Eudes et qu'il mangerait les petits pains devant lui, qu'il ne lui en
donnerait pas et que ça le ferait bien rigoler,
non mais sans blague.

— Bon, a dit Geoffroy, ceux qui veulent pas
jouer, ils jouent pas, et puis voilà ! On ne va
pas passer la récré à discuter ! Choisissez vos
numéros !

On s'est tous accroupis autour de la roulette, on a mis nos sous par terre et on a choisi nos numéros. Moi, j'ai pris le 12, Alceste le 6, Clotaire le 0, Joachim le 20, Maixent le 5, Eudes le 25, Geoffroy le 36 et Rufus n'a rien voulu prendre parce qu'il a dit qu'il n'allait pas perdre ses sous à cause d'une roulette truquée.

— Oh là là ! oh là là ! Ce qu'il m'énerve, celui-là ! a crié Geoffroy. Puisque je te dis qu'elle n'est pas truquée !

— Prouve-le, a dit Rufus.

— Allez, quoi ! a crié Alceste. On y va ?

Geoffroy a fait tourner la roulette et la petite bille blanche s'est arrêtée devant le numéro 24.

— Comment, le 24 ? a dit Alceste, qui est devenu tout rouge.

— Ah ! Je vous avais bien dit qu'elle était truquée, a dit Rufus. Personne ne gagne !

— Si, monsieur, a dit Eudes. Moi je gagne ! J'avais le numéro 25, et le 25 c'est le plus près du 24.

— Mais, où est-ce que tu as joué à la roulette, toi ? a crié Geoffroy. Tu as joué le 25 et si le 25 ne sort pas, tu as perdu et puis c'est tout ! J'ai bien l'honneur de vous saluer.

— Geoffroy a raison, a dit Alceste. Personne ne gagne et on recommence.

— Minute, a dit Geoffroy, minute. Quand

personne ne gagne, c'est le patron de la roulette qui ramasse tout !

— A la télé, en tout cas, c'était comme ça, a dit Clotaire.

— On t'a pas sonné, a crié Alceste, on n'est pas à la télé, ici ! Si c'est pour jouer comme ça, je reprends ma fiche et puis j'ai bien l'honneur de vous saluer.

— T'as pas le droit, tu l'as perdue, a dit Geoffroy.

— Puisque c'est moi qui l'ai gagnée, a dit Eudes.

Alors, on s'est tous mis à discuter, mais on a vu que le Bouillon et M. Mouchabière, qui sont nos surveillants, nous regardaient de l'autre bout de la cour, alors on s'est mis d'accord.

— Allez, a dit Geoffroy, la première fois, c'était pour de rire. On recommence...

— Bon, a dit Rufus. Je prends le 24.

— Je croyais que tu ne voulais pas jouer parce qu'elle était truquée, ma roulette ? a demandé Geoffroy.

— Justement, a dit Rufus. Elle est truquée pour que ce soit le 24 qui sorte, tiens ! On l'a bien vu au dernier coup.

Geoffroy a regardé Rufus, il a mis un doigt sur son front et il a commencé à visser, et avec son autre main il a fait tourner la roulette. Et puis la bille s'est arrêtée devant le numéro 24, Geoffroy s'est arrêté de visser et il a ouvert des yeux tout ronds. Rufus, qui avait un gros sourire sur sa figure, allait ramasser les sous, mais Eudes l'a poussé.

— Non, monsieur, a dit Eudes, tu vas pas ramasser ces sous. Tu as triché.

— J'ai triché, moi ? a crié Rufus. Mauvais joueur, voilà ce que tu es ! J'ai joué le 24 et j'ai gagné !

— La roulette est truquée, c'est toi-même qui l'as dit, a crié Geoffroy. Elle doit pas s'arrêter deux fois de suite sur le même numéro.

Alors, là, ça a été terrible, parce que tout le monde s'est battu avec tout le monde, et le Bouillon est arrivé avec M. Mouchabière.

— Arrêtez ! Silence ! a crié le Bouillon. Ça faisait un moment que nous vous observions, M. Mouchabière et moi-même. Regardez-moi bien dans les yeux ! Qu'est-ce que vous manigancez ? Hmm ?

— Ben, on jouait à la roulette et ils trichent tous, a dit Rufus ; j'avais gagné, et...

— Non, monsieur, tu n'avais pas gagné, a crié Alceste. Et personne ne touchera à mes sous ! J'ai bien l'honneur de vous saluer !

— Une roulette ! a crié le Bouillon. Vous jouiez avec une roulette dans la cour de l'école ! Et ça, par terre ?... Mais ce sont des

pièces de monnaie ! Regardez, monsieur Mouchabière, ces petits malheureux jouaient pour
de l'argent ! Mais vos parents ne vous ont
donc pas dit que le jeu est une abomination qui
conduit à la ruine et à la prison ? Vous ne
savez donc pas que rien ne dégrade l'homme
comme le jeu ? Qu'une fois pris dans les griffes
de cette passion, vous êtes perdus, inconscients
que vous êtes ! Monsieur Mouchabière, allez
sonner la fin de la récréation ; moi, je confisque cette roulette et cet argent. Et je vous
donne à tous un avertissement.

A la sortie, nous sommes allés voir le Bouillon, comme chaque fois qu'il nous confisque
quelque chose, pour lui demander de nous le
rendre. Le Bouillon ne rigolait pas et il nous a
regardés avec des yeux en colère. Il a rendu la
roulette à Geoffroy en lui disant :

— Je ne félicite pas vos parents pour le genre
de cadeaux qu'ils vous font. Et que je ne vous
revoie plus à l'école avec ce jeu ridicule et né-
faste !

Les sous, c'est M. Mouchabière qui nous les
a rendus en rigolant.

La visite de Mémé

Je suis drôlement content, parce que Mémé vient passer quelques jours à la maison. Mémé, c'est la maman de ma Maman, je l'aime beaucoup, et elle me donne tout le temps des tas de chouettes cadeaux.

Papa devait sortir plus tôt de son travail, cet après-midi, pour aller chercher Mémé au train, mais Mémé est arrivée toute seule en taxi.

— Maman ! a crié Maman. Mais nous ne t'attendions pas si tôt !

— Oui, a dit Mémé, j'ai pris le train de 15 h 47, au lieu de celui de 16 h 13, c'est pour ça. Et j'ai pensé que ça ne valait pas la peine de dépenser une communication téléphonique pour vous prévenir... Comme tu as grandi, mon lapin ! Tu es un vrai petit homme ! Viens encore me faire un bisou. Tu sais, j'ai des surprises pour toi dans ma grosse valise, que j'ai laissée à la consigne !... A propos, et ton mari, où est-il ?

— Eh bien, a répondu Maman, justement, il est allé te chercher à la gare, le pauvre !

Mémé, ça l'a fait beaucoup rire, ça, et elle rigolait encore quand Papa est arrivé.

— Dis Mémé ! j'ai crié. Dis Mémé ! Et les cadeaux ?

— Nicolas ! Veux-tu te taire ! Tu n'as pas honte ? m'a dit Maman.

— Mais il a parfaitement raison, mon petit ange, a dit Mémé. Seulement, comme personne ne m'attendait à la gare, j'ai préféré laisser ma valise à la consigne ; elle est très lourde. J'ai pensé, gendre, que vous pourriez aller la chercher...

Papa a regardé Mémé, et il est ressorti sans rien dire. Quand il est revenu, il avait l'air un peu fatigué. C'est que la valise de Mémé était très lourde et très grosse, et Papa devait la porter avec les deux mains.

— Qu'est-ce que vous transportez là-dedans ? a demandé Papa. Des enclumes ?

Papa s'était trompé ; Mémé n'avait pas apporté d'enclumes, mais il y avait un jeu de constructions pour moi, et un jeu de l'oie (j'en ai déjà deux), et un ballon rouge, et une petite auto, et un camion de pompiers, et une toupie qui fait de la musique.

— Mais tu l'as trop gâté ! a crié Maman.

— Trop gâté, mon Nicolas ? Mon petit chou ? Mon ange ? a dit Mémé. Jamais de la vie ! Viens me faire un bisou, Nicolas !

Après le bisou, Mémé a demandé où elle dormirait, pour pouvoir commencer à ranger ses affaires.

— Le lit de Nicolas est trop petit, a dit Maman. Il y a, bien sûr, le sofa du salon, mais je me demande si tu ne serais pas mieux avec moi, dans la chambre...

— Mais non, mais non, a dit Mémé. Je serai très bien sur le sofa. Ma sciatique ne me fait presque plus souffrir du tout.

— Non, non, non ! a dit Maman. Nous ne pouvons pas te laisser dormir sur le sofa ! N'est-ce pas, chéri ?

— Non, a dit Papa en regardant Maman.

Papa a monté la valise de Mémé dans la chambre, et pendant que Mémé rangeait ses affaires, il est redescendu dans le salon, et comme il fait toujours, il s'est assis dans le fauteuil avec son journal, et moi j'ai joué avec la toupie, et c'est pas trop rigolo, parce que c'est un jouet de bébé.

— Tu ne peux pas aller faire ça plus loin ? m'a demandé Papa.

Et Mémé est arrivée, elle s'est assise sur une chaise, et elle m'a demandé si elle me plaisait bien, la toupie, et si je savais la faire marcher. Moi j'ai montré à Mémé que je savais, et Mémé a été très étonnée et drôlement contente, et elle m'a demandé de lui donner un bisou. Après, elle a demandé à Papa de lui prêter le journal, parce qu'elle n'avait pas eu le temps de l'acheter avant le départ du train. Papa s'est levé, il a donné le journal à Mémé, qui s'est assise dans le fauteuil de Papa, parce que la lumière est meilleure pour lire.

— A table ! a crié Maman.

Nous sommes allés dîner, et c'était terrible ! Maman avait fait un poisson froid avec des tas de mayonnaise (j'aime beaucoup la mayonnaise), et puis il y a eu du canard avec des petits pois, et puis du fromage, et puis un gâteau à la crème, et puis des fruits, et Mémé m'a laissé reprendre de tout deux fois, et

un bisou...

même, pour le gâteau, après la deuxième fois, elle m'a donné un bout du sien.

— Il va être malade, a dit Papa.

— Oh, pour une fois, ça ne peut pas lui faire du mal, a dit Mémé.

Et puis, Mémé a dit qu'elle était très fatiguée par le voyage, et qu'elle voulait se coucher de bonne heure. Elle a donné des bisous à tout le monde, et puis Papa a dit que lui aussi il était très fatigué, qu'il devait être de bonne heure le lendemain à son bureau, parce qu'il était parti très tôt aujourd'hui pour chercher Mémé à la gare, et tout le monde est allé se coucher.

J'ai été très malade pendant la nuit, et le premier qui est venu, c'est Papa qui est monté du salon en courant. Mémé, qui s'était réveillée aussi, était très inquiète, elle a dit que c'était pas normal, et elle a demandé si on avait consulté un docteur au sujet du petit. Et puis je me suis endormi.

Ce matin, Maman est venue me réveiller, et Papa est entré dans ma chambre.

— Tu ne pourrais pas dire à ta mère de se dépêcher ? a demandé Papa. Ça fait une heure

qu'elle est dans la salle de bains ! Je me demande ce qu'elle peut bien y faire !

— Elle prend son bain, a dit Maman. Elle a le droit de prendre son bain, non ?

— Mais je suis pressé, moi ! a crié Papa. Elle ne va nulle part, elle ! Moi, je dois aller à mon bureau ! Je vais être en retard !

— Tais-toi, a dit Maman. Elle va t'entendre !

— Qu'elle m'entende ! a crié Papa. Après la nuit que j'ai passée sur ce sofa de malheur, je...

— Pas devant le petit ! a dit Maman, qui est devenue toute rouge et fâchée. Oh, et puis d'ailleurs, j'ai bien vu depuis qu'elle est arrivée, que tu avais l'intention d'être désa-

UN BISOU !

gréable avec elle ! Bien sûr, quand il s'agit de ma famille, c'est toujours la même chose. Par contre, ton frère Eugène, par exemple...

— Bon, bon, ça va, a dit Papa. Laisse Eugène tranquille, et demande à ta mère de te passer mon rasoir et le savon. J'irai faire ma toilette dans la cuisine.

Quand Papa est arrivé pour le petit déjeuner, Mémé et moi, nous étions déjà à table.

— Dépêche-toi, Nicolas, m'a dit Papa. Toi aussi, tu vas être en retard !

— Comment ! a dit Mémé. Vous allez l'envoyer à l'école après la nuit qu'il a passée ? Mais regardez-le, enfin ! Il est tout pâlot, le pauvre chou. N'est-ce pas que tu es fatigué, mon lapin ?

— Oh oui, j'ai dit.

— Ah, vous voyez ? a dit Mémé. Moi, je crois tout de même que vous devriez consulter un docteur à son sujet.

— Non, non, a dit Maman, qui entrait avec le café. Nicolas ira à l'école !

Alors moi je me suis mis à pleurer, j'ai dit que j'étais très fatigué et drôlement pâle, Maman m'a grondé, Mémé a dit qu'elle ne voulait pas se mêler de ce qui ne la regardait pas, mais qu'elle pensait que ce ne serait pas un drame si je n'allais pas à l'école pour une fois, et qu'elle n'avait pas si souvent l'occasion de voir son petit-fils, et Maman a dit que bon, bon, pour cette fois seulement, mais qu'elle n'était pas contente du tout, et Mémé a dit que je lui donne un bisou.

— Bon, a dit Papa, je file. J'essaierai de ne pas rentrer trop tard, ce soir.

— En tout cas, a dit Mémé, surtout, ne changez rien à vos habitudes pour moi. Faites comme si je n'étais pas là.

Leçon de code

Quelquefois, en allant à l'école, on se retrouve à plusieurs copains, et là on rigole bien. On regarde les vitrines, on se fait des croche-pieds, on fait tomber les cartables, et puis, après, on est en retard, et il faut drôlement courir pour arriver à l'école, comme cet après-midi avec Alceste, Eudes, Rufus et Clotaire, qui habitent pas loin de chez moi.

Nous courions en traversant la rue pour entrer dans l'école (la cloche avait déjà sonné), quand Eudes a fait un croche-pied à Rufus, qui est tombé, qui s'est relevé et qui a dit à Eudes :

« Viens un peu ici, si t'es un homme ! » Mais Eudes et Rufus n'ont pas pu se battre, parce que l'agent de police qui est là pour empêcher les autos de nous écraser, s'est fâché ; il nous a tous appelés au milieu de la rue, et il nous a dit :

— Qu'est-ce que c'est que cette façon de traverser ? On ne vous apprend donc rien à l'école ? Vous allez finir par vous faire écraser à faire les pitres sur la chaussée. Ça m'étonne surtout de ta part, Rufus ; j'ai bien envie d'en parler à ton père !

Le père de Rufus est agent de police, et tous les agents de police connaissent le père de Rufus, et des fois c'est bien embêtant pour Rufus.

— Oh ! non, m'sieur Badoule, a dit Rufus. Je ne le referai plus ! Et puis c'est la faute à Eudes, c'est lui qui m'a fait tomber !

— Cafard ! a crié Eudes.

— Viens un peu ici, si t'es un homme ! a crié Rufus.

— Silence ! a crié l'agent de police. Ça ne peut plus continuer comme ça ; je vais m'occuper de cette affaire. En attendant, allez à l'école, vous êtes en retard.

Nous sommes entrés dans l'école, et l'agent de police a fait avancer les autos qui attendaient.

Quand nous sommes revenus de la récré, pour la dernière heure de classe de l'après-midi, la maîtresse nous a dit :

— Les enfants, nous n'allons pas faire de grammaire, comme le prévoit notre emploi du temps...

On a tous fait : « Ah ! », sauf Agnan, qui est le chouchou de la maîtresse et qui sait toujours ses leçons ; la maîtresse a tapé avec sa règle sur son bureau, et puis elle a dit :

— Silence ! Nous n'allons pas faire de grammaire, parce qu'il est arrivé tout à l'heure un incident très grave : l'agent de police qui veille sur votre sécurité est allé se plaindre à M. le Directeur. Il lui a dit que vous traversiez les rues comme des petits sauvages, en courant et en faisant les pitres, mettant ainsi votre vie en danger. Je dois dire que, moi-même, je vous ai souvent vus courir étourdiment dans les rues. Donc, et pour votre bien, M. le Directeur m'a demandé de vous faire une leçon sur le Code de la route. Geoffroy, si ce que je dis ne vous intéresse pas, ayez au moins la politesse de ne pas dissiper vos camarades. Clotaire ! Qu'est-ce que je viens de dire ?

Clotaire est allé se mettre au piquet, la maîtresse a fait un gros soupir, et elle a demandé :

— Est-ce qu'un de vous peut me dire ce qu'est le Code de la route ?

Agnan, Maixent, Joachim, moi et Rufus, nous avons levé le doigt.

— Eh bien ! Maixent ? a dit la maîtresse.

— Le Code de la route, a dit Maixent, c'est un petit livre qu'on vous donne à l'auto-école et qu'il faut apprendre par cœur pour passer son permis. Ma mère en a un. Mais elle n'a pas eu son permis, parce qu'elle a dit que l'examinateur lui a posé des questions qui n'étaient pas dans le livre...

— Bon ! ça va, Maixent, a dit la maîtresse.

— ... Et puis ma mère a dit qu'elle allait changer d'auto-école, parce qu'on lui avait promis qu'elle aurait son permis, et...

— J'ai dit : bon ! Maixent. Asseyez-vous ! a crié la maîtresse. Baissez votre bras, Agnan, je vous interrogerai plus tard. Le Code de la route, c'est l'ensemble des règles qui régissent la sécurité des usagers de la route. Non seulement pour les automobilistes, mais aussi pour les piétons. Pour devenir un bon automobiliste, il faut d'abord être un bon piéton. Et je pense que vous voulez tous devenir de bons automobilistes, n'est-ce pas ? Alors, voyons... Qui peut me dire quelles sont les précautions à prendre pour traverser une rue ?... Oui, vous, Agnan.

— Bah ! a dit Maixent. Lui, il ne traverse jamais seul. C'est sa mère qui l'amène à l'école. Et elle lui donne la main !

— C'est pas vrai ! a crié Agnan. Je suis déjà venu seul à l'école. Et elle me donne pas la main !

— Silence ! a crié la maîtresse. Si vous continuez tous comme ça, nous allons faire de la grammaire, et tant pis pour vous si, plus tard, vous n'êtes pas capables de conduire convenablement une auto. En attendant, Maixent, vous allez me conjuguer le verbe : « Je dois faire bien attention en traversant les rues et veiller à ce que le passage soit libre, et ne pas m'engager sur la chaussée en courant étourdiment. »

La maîtresse est allée au tableau, et elle nous a fait un dessin, avec quatre lignes qui se croisaient.

— Ça, c'est un carrefour, a expliqué la maîtresse. Pour traverser, vous devez emprunter les passages réservés aux piétons, là, là, là et là. S'il y a un agent de police, vous devez attendre qu'il vous fasse signe de traverser. S'il y a des feux de signalisation, vous devez les

observer et ne traverser que quand le feu est vert pour vous. Dans tous les cas, vous devez regarder à droite et à gauche, avant de vous engager sur la chaussée, et surtout, surtout, ne jamais courir. Nicolas, répétez ce que je viens de dire.

Moi, j'ai répété, et j'ai presque tout dit, sauf pour le coup des feux, et la maîtresse a dit que c'était bien, et elle m'a mis 18. Agnan a eu 20, et presque tous les autres ont eu entre 15 et 18, sauf Clotaire qui, comme il était au piquet, a dit qu'il ne savait pas que lui aussi devait écouter.

Et puis le directeur est entré.

— Debout ! a dit la maîtresse.

— Assis ! a dit le directeur. Eh bien ! mademoiselle, vous avez fait la leçon de Code à vos élèves ?

— Oui, monsieur le Directeur, a dit la maîtresse. Ils ont été très sages, et je suis sûre qu'ils ont très bien compris.

Alors le directeur a fait un gros sourire et il a dit :

— Très bien. Parfait ! J'espère que je n'aurai plus de plaintes de la police au sujet de la conduite de mes élèves. Enfin, nous verrons tout ça dans la pratique.

Le directeur est sorti ; nous nous sommes rassis, et puis la cloche a sonné ; nous nous sommes levés pour sortir, mais la maîtresse nous a dit :

— Pas si vite, pas si vite ! Vous allez descendre gentiment, et je veux vous voir traverser la rue. Nous verrons si vous avez compris la leçon.

Nous sommes sortis de l'école avec la maîtresse, et l'agent de police, quand il nous a vus, il a fait un sourire. Il a arrêté les autos, et il nous a fait signe de passer.

— Allez-y, les enfants, nous a dit la maîtresse. Et sans courir ! Je vous observe d'ici.

Alors, nous avons traversé la rue, tout doucement, les uns derrière les autres, et quand nous sommes arrivés de l'autre côté, nous avons vu la maîtresse qui parlait avec l'agent de police, sur le trottoir, en rigolant, et le directeur qui nous regardait de la fenêtre de son bureau.

— Très bien ! nous a crié la maîtresse. M. l'Agent et moi sommes très contents de vous. A demain, les enfants !

Alors nous avons tous retraversé la rue en courant pour lui donner la main.

Leçon de choses

Demain, nous a dit la maîtresse, nous aurons une leçon de choses tout à fait spéciale ; chacun de vous devra apporter un objet, un souvenir de voyage, de préférence. Nous commenterons chaque objet, nous l'étudierons, et chacun d'entre vous nous expliquera son origine et les souvenirs qui s'y rattachent. Ce sera, à la fois, une leçon de choses, un cours de géographie et un exercice de rédaction.

— Mais quel genre de choses il faudra apporter, mademoiselle ? a demandé Clotaire.

— Je vous l'ai déjà dit, Clotaire, a répondu la maîtresse. Un objet intéressant, qui ait une histoire. Tenez, ça fait de cela quelques années, un de mes élèves a apporté un os de dinosaure, que son oncle avait trouvé en faisant des fouilles. Un de vous peut-il me dire ce qu'est un dinosaure ?

Agnan a levé la main, mais on s'est tous mis à parler des choses qu'on apporterait, et avec le bruit que faisait la maîtresse en tapant avec sa règle sur son bureau, on n'a pas pu entendre ce que racontait ce sale chouchou d'Agnan.

En arrivant à la maison, j'ai dit à Papa qu'il fallait que j'apporte à l'école une chose qui serait un souvenir terrible de voyage.

— C'est une bonne idée, ces cours pratiques, a dit Papa. La vue des objets rend la leçon inoubliable. Elle est très bien, ta maîtresse, très moderne. Maintenant, voyons... Qu'est-ce que tu pourrais bien emmener ?

— La maîtresse a dit, j'ai expliqué, que ce qu'il y avait de plus chouette, c'était les os de dinosaure.

Papa a ouvert des yeux tout étonnés et il m'a demandé :

— Des os de dinosaure ? En voilà une idée ! Et d'où est-ce que tu veux que je sorte des os de dinosaure ? Non, Nicolas, je crains fort qu'il ne faille nous contenter de quelque chose de plus simple.

Alors, moi, j'ai dit à Papa que je ne voulais pas apporter des choses simples, que je voulais apporter des choses qui épateraient drôlement les copains, et Papa m'a répondu qu'il n'avait pas de choses pour épater les copains. Alors moi, j'ai dit que, puisque c'était comme ça, c'était pas la peine d'apporter des choses qui n'épateraient personne et que j'aimais mieux ne pas aller à l'école demain, et Papa m'a répondu qu'il commençait à en avoir assez, et qu'il avait bien envie de me priver de dessert, et que ma maîtresse avait vraiment des drôles d'idées ; et moi, j'ai donné un coup de pied dans le fauteuil du salon. Papa m'a demandé si je voulais une claque, je me suis mis à pleurer, et Maman est arrivée en courant de la cuisine.

— Quoi encore ? a demandé Maman. Je ne peux pas vous laisser tous les deux seuls sans qu'il y ait des histoires. Nicolas ! Cesse de pleurer. Que se passe-t-il ?

— Il se passe, a dit Papa, que ton fils est furieux parce que je lui refuse un os de dinosaure.

Maman nous a regardés, Papa et moi, et elle a demandé si tout le monde était en train de devenir fou dans cette maison. Alors Papa lui a expliqué, et Maman m'a dit :

— Mais enfin, Nicolas, il n'y a pas de quoi en faire un drame. Tiens, il y a, dans le placard, des souvenirs très intéressants de nos voyages. Par exemple, le gros coquillage que nous avons acheté à Bains-les-Mers, quand nous y sommes allés en vacances.

— C'est vrai ça ! a dit Papa. Ça vaut tous les os de dinosaure du monde, ce coquillage !

Moi, j'ai dit que je ne savais pas si le coquillage épaterait les copains, mais Maman m'a dit qu'ils trouveraient ça formidable et que la maîtresse me féliciterait. Papa est allé chercher le coquillage, qui est très gros, avec « Souvenir de

Bains-les-Mers » écrit dessus, et Papa m'a dit
que je pourrais épater tout le monde en racontant nos vacances à Bains-les-Mers, notre
excursion à l'île des Embruns et même le prix
qu'on payait à la pension. Et si ça, ça n'épatait
pas les copains, c'est que les copains étaient
difficiles à épater. Maman a rigolé, elle a dit
qu'on passe à table et, le lendemain, je suis
parti à l'école, fier comme tout, avec mon
coquillage enveloppé dans du papier marron.

Quand je suis arrivé à l'école, tous les
copains étaient là, et ils m'ont demandé ce que
j'avais apporté.

— Et vous ? j'ai demandé.

— Ah, moi, je le montrerai en classe, m'a
répondu Geoffroy, qui aime bien faire des mystères.

Les autres non plus ne voulaient rien dire,
sauf Joachim, qui nous a montré un couteau, le
plus chouette qu'on puisse imaginer.

— C'est un coupe-papier, nous a expliqué
Joachim, que mon oncle Abdon a rapporté de
Tolède, en cadeau pour mon père. C'est en Es-
pagne.

Et le Bouillon — c'est notre surveillant, mais ce n'est pas son vrai nom — a vu Joachim et il lui a confisqué le coupe-papier, en disant qu'il avait déjà interdit mille fois qu'on amène des objets dangereux à l'école.

— Mais, m'sieur, a crié Joachim, c'est la maîtresse qui m'a dit de l'apporter !

— Ah ? a dit le Bouillon. C'est la maîtresse qui vous a demandé d'apporter cette arme en classe ? Parfait. Alors, non seulement je confisque cet objet, mais vous allez me conjuguer le verbe : « Je ne dois pas mentir à M. le Surveillant quand celui-ci me pose une question

au sujet d'un objet particulièrement dangereux que j'ai introduit clandestinement dans l'école. » Inutile de crier, et vous autres, taisez-vous, si vous ne voulez pas que je vous punisse aussi !

Et le Bouillon est allé sonner la cloche, nous nous sommes mis en rang et, quand nous sommes entrés en classe, Joachim pleurait toujours.

— Ça commence bien, a dit la maîtresse. Eh bien, Joachim, que se passe-t-il ?

Joachim lui a expliqué, la maîtresse a poussé un soupir, elle a dit que d'apporter un couteau n'était pas une très bonne idée, mais qu'elle essaierait d'arranger ça avec M. Dubon, et ça, c'est le vrai nom du Bouillon.

— Bon, a dit la maîtresse. Voyons un peu ce que vous avez apporté. Mettez les objets devant vous, sur votre pupitre.

Alors on a tous sorti les choses qu'on avait apportées : Alceste avait amené un menu d'un

restaurant où il avait très bien mangé avec ses parents, en Bretagne ; Eudes avait une carte postale de la Côte d'Azur ; Agnan, un livre de géographie que ses parents lui avaient acheté en Normandie ; Clotaire a apporté une excuse, parce qu'il n'avait rien trouvé chez lui, mais c'est parce qu'il n'avait pas bien compris, il croyait qu'il fallait apporter des os ; et

Maixent et Rufus, ces imbéciles, ont apporté chacun un coquillage.

— Oui, a dit Rufus, mais moi, j'ai trouvé le mien sur la plage, la fois où j'ai sauvé un homme qui se noyait.

— Ne me fais pas rigoler, a crié Maixent. D'abord, tu ne sais même pas faire la planche, et puis après, si tu l'as trouvé sur la plage, ton coquillage, pourquoi est-ce qu'il y a écrit dessus : « Souvenir de Plage-des-Horizons » ?

— Ouais ! j'ai crié.

— Tu veux une baffe ? m'a demandé Rufus.

— Rufus, sortez ! a crié la maîtresse. Et vous serez en retenue jeudi. Nicolas, Maixent, tenez-vous tranquilles si vous ne voulez pas être punis aussi !

— Moi, j'ai apporté un souvenir de Suisse, a dit Geoffroy avec un gros sourire, tout fier. C'est une montre en or que mon père a achetée là-bas.

— Une montre en or ? a crié la maîtresse. Et votre père sait que vous l'avez apportée à l'école ?

— Ben non, a dit Geoffroy. Mais quand je lui dirai que c'est vous qui m'avez demandé de l'amener, il ne me grondera pas.

— Que c'est moi qui ?... a crié la maîtresse. Petit inconscient ! Vous allez me faire le plaisir de remettre ce bijou dans votre poche !

97

— Moi, si je ramène pas mon coupe-papier, mon père va drôlement me gronder, a dit Joachim.

— Je vous ai déjà dit, Joachim, que je m'occuperai de cette affaire, a crié la maîtresse.

— Mademoiselle, a crié Geoffroy. Je ne retrouve plus la montre ! Je l'ai mise dans ma poche, comme vous me l'avez dit, et je ne la retrouve plus !

— Mais enfin, Geoffroy, a dit la maîtresse, elle ne peut pas être bien loin. Vous avez cherché par terre ?

— Oui, mademoiselle, a répondu Geoffroy. Elle n'y est pas.

Alors la maîtresse est allée vers le banc de Geoffroy, elle a regardé partout, et puis elle nous a demandé de regarder aussi, en faisant attention de ne pas marcher sur la montre, et Maixent a fait tomber mon coquillage par terre, alors je lui ai donné une baffe. La maîtresse s'est mise à crier, elle nous a donné des retenues, et Geoffroy a dit que si on ne retrouvait pas sa montre, il faudrait que la maîtresse aille parler à son père, et Joachim a dit qu'il faudrait qu'elle aille parler au sien aussi, pour le coup du coupe-papier.

Mais tout s'est très bien arrangé, parce que la montre, Geoffroy l'a retrouvée dans la doublure de son veston, le Bouillon a rendu le coupe-papier à Joachim et la maîtresse a levé les punitions.

C'était une classe très intéressante, et la maîtresse a dit que, grâce aux choses que nous avions apportées, elle n'oublierait jamais cette leçon.

A la bonne franquette

M. Moucheboume va venir dîner ce soir à la maison. M. Moucheboume c'est le patron de Papa, et il va venir avec Mme Moucheboume, qui est la femme du patron de Papa.

Ça fait des jours qu'on en parle à la maison du dîner de ce soir, et ce matin, Papa et Maman étaient très énervés. Maman était occupée comme tout, et Papa hier l'a emmenée au marché en auto, et ça, il ne le fait pas souvent. Moi je trouve ça très chouette, on dirait que c'est Noël, surtout quand Maman dit qu'elle ne sera jamais prête à temps.

Et quand je suis revenu de l'école ce soir, la maison était toute drôle, balayée et sans housses. Je suis entré dans la salle à manger, et il y avait la rallonge à la table, et la nappe blanche toute dure, et au-dessus, les assiettes qui ont de l'or tout autour et dont on ne se sert presque jamais pour manger dedans. Et puis, devant chaque assiette, il y avait des tas de verres, même les longs tout minces, et ça ça m'a étonné, parce que ceux-là, on ne les sort jamais du buffet. Et puis, j'ai rigolé, j'ai vu qu'avec tout ça, Maman avait oublié de mettre un couvert. Alors je suis entré en courant dans la cuisine, et là j'ai vu que Maman parlait avec une dame habillée en noir avec un tablier blanc. Maman était jolie comme tout avec les cheveux drôlement bien peignés.

— Maman ! j'ai crié. Tu as oublié de mettre une assiette à table !

Maman a poussé un cri, et puis elle s'est retournée d'un coup.

— Nicolas ! m'a dit Maman, je t'ai déjà demandé de ne pas hurler comme ça, et de ne pas entrer dans la maison comme un sauvage. Tu m'as fait peur, et je n'ai pas besoin de ça pour m'énerver.

Alors moi j'ai demandé pardon à Maman ; c'est vrai qu'elle avait l'air énervée, et puis je lui ai expliqué de nouveau le coup de l'assiette qui manquait à table.

— Mais non, il ne manque pas d'assiette, m'a dit Maman. Va faire tes devoirs, et laisse-moi tranquille.

— Mais si, il manque une assiette, j'ai dit. Il y a moi, il y a Papa, il y a toi, il y a M. Moucheboume, et puis il y a Mme Moucheboume ; ça fait cinq, et il n'y a que quatre assiettes, alors quand on va aller manger, si toi, ou Papa, ou M. Moucheboume, ou Mme Moucheboume n'avez pas d'assiette, ça va faire des histoires !

Maman a fait un gros soupir, elle s'est assise sur le tabouret, elle m'a pris par les bras, et elle m'a dit que toutes les assiettes étaient là, que j'allais être très raisonnable, qu'un dîner comme ça c'était très ennuyeux, et que c'est pour ça que moi je ne mangerais pas à table avec les autres. Alors moi je me suis mis à pleurer, et j'ai dit que c'était pas ennuyeux du tout un dîner comme ça, que ça m'amuserait drôlement au contraire, et que si on ne me laissait pas m'amuser avec les autres, je me tuerais ; c'est vrai, quoi, à la fin, non mais sans blague !

Et puis Papa est entré, de retour de son bureau.

— Alors, il a demandé, tout est prêt ?

— Non, c'est pas prêt, j'ai crié. Maman ne

veut pas mettre mon assiette à table pour que je rigole avec vous ! Et c'est pas juste ! C'est pas juste ! C'est pas juste !

— Oh ! Et puis j'en ai assez à la fin, a crié Maman. Ça fait des jours que je travaille pour ce dîner et que je me fais du souci ! C'est moi qui n'irai pas à table ! Tiens ! C'est ça ! Moi je n'irai pas à table ! Voilà ! Nicolas prendra ma place, et voilà tout ! Parfaitement ! Moucheboume ou pas Moucheboume, j'en ai assez ! Débrouillez-vous sans moi !

Et Maman est partie en claquant la porte de la cuisine, et moi ça m'a tellement étonné, que j'ai cessé de pleurer. Papa s'est passé la main sur la figure, et il a profité que le tabouret était libre pour s'asseoir dessus, et puis il m'a pris par les bras.

— Bravo Nicolas, bravo ! m'a dit Papa. Tu as réussi à faire de la peine à Maman. C'est ça que tu voulais ?

Moi j'ai dit que non, que je ne voulais pas faire de la peine à Maman, que ce que je voulais c'était de rigoler à table avec les autres. Alors Papa m'a dit qu'à table ce serait très ennuyeux, et que si je ne faisais pas d'histoires et je mangeais à la cuisine, demain, il m'emmènerait au cinéma, et puis au zoo, et puis on irait goûter, et puis j'aurais une surprise.

— La surprise ce sera la petite auto bleue

qui est dans la vitrine du magasin du coin ? j'ai demandé.

Papa m'a dit que oui, alors j'ai dit que j'étais d'accord, parce que j'aime bien les surprises et faire plaisir à Papa et à Maman. Et puis Papa est allé chercher Maman, et il est revenu avec elle dans la cuisine et il lui a dit que tout était arrangé et que j'étais un homme. Et Maman a dit qu'elle était sûre que j'étais un grand garçon et elle m'a embrassé. Très chouette. Et puis Papa a demandé s'il pouvait voir le hors-d'œuvre, et la dame en noir avec le tablier blanc a sorti de la glacière un homard terrible avec de la mayonnaise partout, comme celui de la première communion de ma cousine Félicité, la fois où j'ai été malade, et j'ai demandé si je pouvais en avoir, mais la dame en noir avec le tablier blanc a remis le homard dans la glacière et elle a dit que ce n'était pas pour les petits garçons. Papa a rigolé, et il a dit que j'en aurais demain matin avec mon café, s'il en restait, mais qu'il ne fallait pas trop y compter.

On m'a donné à manger sur la table de la cuisine, et j'ai eu des olives, des petites saucisses chaudes, des amandes, un vol-au-vent, et un peu de salade de fruits. Pas mal.

— Bon, et maintenant, a dit Maman, tu vas aller te coucher. Tu vas mettre le pyjama propre, le jaune, et comme il est tôt, tu peux lire. Quand M. et Mme Moucheboume viendront, j'irai te chercher pour que tu descendes leur dire bonjour.

— Euh... Tu crois que c'est bien nécessaire ? a demandé Papa.

— Mais bien sûr, a dit Maman. Nous étions d'accord sur ce sujet.

— C'est que, a dit Papa, j'ai peur que Nicolas fasse des gaffes.

— Nicolas est un grand garçon et il ne fera pas de gaffes, a dit Maman.

— Nicolas, m'a dit Papa. Ce dîner est très important pour Papa. Alors, tu seras très poli, tu diras bonjour, bonsoir, tu ne répondras que quand on t'interrogera, et surtout, pas de gaffes. Promis ?

Moi j'ai promis, c'est drôle que Papa soit si inquiet. Et puis je suis allé me coucher. Plus tard j'ai entendu qu'on sonnait à la porte, qu'on criait, et puis Maman est venue me chercher.

— Mets la robe de chambre que t'a donnée Mémé pour ton anniversaire et viens, m'a dit Maman.

J'étais en train de lire une chouette histoire de cow-boys, alors j'ai dit que je n'avais pas trop envie de descendre, mais Maman m'a

regardé avec de gros yeux, et j'ai vu que ce n'était pas le moment de rigoler.

Quand nous sommes arrivés dans le salon, M. et Mme Moucheboume étaient là, et quand ils m'ont vu, ils se sont mis à pousser des tas de cris.

— Nicolas a tenu absolument à descendre pour vous voir, a dit Maman. Vous m'excuserez, mais je n'ai pas voulu le priver de cette joie.

M. et Mme Moucheboume ont encore poussé des tas de cris, moi j'ai donné la main, j'ai dit bonsoir, Mme Moucheboume a demandé à Maman si j'avais fait ma rougeole, M. Moucheboume a demandé si ce grand garçon travaillait bien à l'école, et moi je faisais bien attention parce que Papa me regardait tout le temps. Et puis, je me suis assis sur une chaise, pendant que les grands parlaient.

— Vous savez, a dit Papa, nous vous recevons sans façons, à la bonne franquette.

— Mais c'est ça qui nous fait plaisir, a dit M. Moucheboume. Une soirée en famille, c'est merveilleux ! Surtout pour moi, qui suis obligé d'aller à tous ces banquets, avec l'inévitable homard mayonnaise, et tout le tralala.

Tout le monde a rigolé, et puis Mme Moucheboume a dit qu'elle s'en voudrait d'avoir donné du travail à Maman, qui devait déjà être tellement occupée avec sa petite famille. Mais Maman a dit que non, que c'était un plaisir, et qu'elle avait été bien aidée par la bonne.

— Vous avez de la chance, a dit Mme Moucheboume. Moi j'ai un mal avec les domestiques ! C'est bien simple, chez moi, elles ne restent pas.

— Oh, celle-ci est une perle, a dit Maman. Elle est depuis longtemps avec nous et, ce qui est très important, elle adore l'enfant.

Et puis, la dame en noir avec le tablier blanc est entrée et elle a dit que Maman était servie. Et ça, ça m'a étonné, parce que je ne savais pas que Maman non plus ne mangeait pas avec les autres.

— Bon, Nicolas, au lit ! m'a dit Papa.

Alors, j'ai donné la main à Mme Moucheboume et je lui ai dit : « au revoir madame », j'ai donné la main à M. Moucheboume et je lui ai dit : « au revoir monsieur », j'ai donné la main à la dame en noir avec le tablier blanc et je lui ai dit : « au revoir madame », et je suis allé me coucher.

La tombola

A la fin de la classe, aujourd'hui, la maîtresse nous a dit que l'école organisait une tombola, et elle a expliqué à Clotaire qu'une tombola, c'était comme une loterie : les gens avaient des billets avec des numéros, et les numéros étaient tirés au sort, comme pour la loterie, et le numéro qui sortait gagnait un prix, et que ce prix serait un vélomoteur.

La maîtresse a dit aussi que l'argent qu'on ramasserait en vendant des billets servirait à fabriquer un terrain pour que les enfants du quartier puissent faire des sports. Et là on n'a pas très bien compris, parce qu'on a déjà un terrain vague terrible, où on fait des tas de sports et, en plus, il y a une vieille auto formidable, elle n'a plus de roues, mais on s'amuse bien quand même, et je me demande si, dans le nouveau terrain, ils vont mettre une auto. Mais ce qu'il y a de chouette avec la tombola, c'est que la maîtresse a sorti de son bureau des tas de petits carnets, et elle nous a dit :

— Mes enfants, c'est vous qui allez vendre

les billets pour cette tombola. Je vais vous donner à chacun un carnet, dans lequel il y a cinquante billets. Chaque billet vaut un franc. Vous vendrez ces billets à vos parents, à vos amis, et même, pourquoi pas, aux gens que vous pourrez rencontrer dans la rue et à vos voisins. Non seulement, vous aurez la satisfaction de travailler pour le bien commun, mais aussi vous ferez preuve de courage en surmontant votre timidité.

Et la maîtresse a expliqué à Clotaire ce que c'était que le bien commun, et puis elle nous a donné un carnet de billets de tombola à chacun. On était bien contents.

A la sortie de l'école, sur le trottoir, on était

là, chacun avec son carnet plein de billets numérotés, et Geoffroy nous disait que, lui, il allait vendre tous les billets d'un coup à son père, qui est très riche.

— Ah oui, a dit Rufus, mais comme ça, c'est pas du jeu. Le jeu, c'est de vendre les billets à des gens qu'on ne connaît pas. C'est ça qui est chouette.

— Moi, a dit Alceste, je vais vendre mes billets au charcutier, nous sommes de très bons clients et il ne pourra pas refuser.

Mais tous, on était plutôt d'accord avec Geoffroy, que le mieux c'était de vendre les bil-

lets à nos pères. Rufus a dit qu'on avait tort, il s'est approché d'un monsieur qui passait, il lui a offert ses billets, mais le monsieur ne s'est même pas arrêté, et nous, nous sommes tous partis chez nous, sauf Clotaire qui a dû retourner à l'école, parce qu'il avait oublié son carnet de billets dans son pupitre.

Je suis entré dans la maison en courant avec mon carnet de billets à la main.

— Maman ! Maman ! j'ai crié, Papa est là ?

— C'est vraiment trop te demander d'entrer dans la maison comme un être civilisé ? m'a demandé Maman. Non, Papa n'est pas là.

Qu'est-ce que tu lui veux à Papa ? Tu as encore fait une bêtise ?

— Mais non, c'est parce qu'il va m'acheter des billets pour qu'on nous fabrique un terrain où nous pourrons faire des sports, tous les types du quartier, et peut-être qu'ils y mettront une auto et le prix c'est un vélomoteur et c'est une tombola, je lui ai expliqué à Maman.

Maman m'a regardé, en ouvrant de grands yeux étonnés, et puis elle m'a dit :

— Je n'ai rien compris à tes histoires, Nicolas. Tu t'arrangeras avec ton père quand il sera là. En attendant, monte faire tes devoirs.

Je suis monté tout de suite, parce que j'aime obéir à Maman, et je sais que ça lui fait plaisir quand je ne fais pas d'histoires. Et puis, j'ai entendu Papa entrer dans la maison, et je suis descendu en courant, avec mon carnet de billets.

— Papa ! Papa ! j'ai crié. Il faut que tu m'achètes des billets, c'est une tombola, et ils vont mettre une auto dans le terrain, et on pourra faire des sports !

— Je ne sais pas ce qu'il a, a dit Maman à Papa. Il est arrivé de l'école plus excité que d'habitude. Je crois qu'ils ont organisé une tombola à l'école, et il veut te vendre des billets.

114

Papa a rigolé en me passant la main sur les cheveux.

— Une tombola ! C'est amusant il a dit. Quand j'allais à l'école, on en avait organisé plusieurs. Il y avait eu des concours pour celui qui vendrait le plus de billets, et je gagnais toujours haut la main. Il faut dire que je n'étais pas timide, et que je n'acceptais jamais un refus. Alors, bonhomme, c'est combien tes billets ?

— Un franc, j'ai dit. Et comme il y a cinquante billets, j'ai fait le compte, et ça fait cinquante francs.

Et j'ai tendu le carnet à Papa, mais Papa ne l'a pas pris.

— C'était moins cher de mon temps, a dit Papa. Bon, eh bien, donne-moi un billet.

— Ah non, j'ai dit, pas un billet, tout le carnet. Geoffroy nous a dit que son père allait lui acheter tout le carnet, et on a été tous d'accord pour faire la même chose !

— Ce que fait le papa de ton ami Geoffroy ne me regarde pas ! m'a répondu Papa. Moi, je t'achète un billet, et si tu ne veux pas, je ne t'achète rien du tout ! Et voilà.

— Ah ben ça, c'est pas juste ! j'ai crié. Si tous les autres pères achètent des carnets, pourquoi tu ne l'achèterais pas toi ?

Et puis, je me suis mis à pleurer, Papa s'est

fâché drôlement, et Maman est arrivée en courant de la cuisine.

— Qu'est-ce qu'il y a encore ? a demandé Maman.

— Il y a, a dit Papa, que je ne comprends pas qu'on fasse faire ce métier aux gosses ! Je n'ai pas mis mon enfant à l'école pour qu'on me le transforme en colporteur ou en mendiant ! Et puis, tiens, je me demande si c'est tellement légal, ces tombolas ! J'ai bien envie de téléphoner au directeur de l'école !

— J'aimerais un peu de calme, a dit Maman.

— Mais toi, j'ai pleuré à Papa, toi tu m'as dit que tu avais vendu des billets de tombola, et que tu étais terrible ! Pourquoi est-ce que moi je n'ai jamais le droit de faire ce que font les autres ?

Papa s'est frotté le front, il s'est assis, il m'a pris contre ses genoux, et puis il m'a dit :

— Oui, bien sûr, Nicolas, mais ce n'était pas la même chose. On nous demandait de faire preuve d'initiative, de nous débrouiller quoi. C'était un bon entraînement qui nous préparait pour les dures luttes de la vie. On ne nous disait pas : « Allez vendre ça à votre Papa », tout bêtement...

— Mais Rufus a essayé de vendre des billets à un monsieur qu'il ne connaissait pas, et le monsieur, il ne s'est même pas arrêté ! j'ai dit.

— Mais qui te demande d'aller voir des gens que tu ne connais pas ? m'a dit Papa. Pourquoi ne t'adresserais-tu pas à Blédurt, notre voisin ?

— J'ose pas, j'ai dit.

— Eh bien, je vais t'accompagner, m'a dit Papa en rigolant. Je vais te montrer comment on fait des affaires. N'oublie pas ton carnet de billets.

— Ne vous attardez pas, a dit Maman. Le dîner va être prêt.

Nous avons sonné chez M. Blédurt, et M. Blédurt nous a ouvert.

— Tiens ! a dit M. Blédurt. Mais c'est Nicolas et machin !

— Je viens vous vendre un carnet de billets, c'est pour une tombola pour nous fabriquer un terrain où on va faire des sports et ça coûte cinquante francs, j'ai dit très vite à M. Blédurt.

— Ça va pas, non ? a demandé M. Blédurt.

— Qu'est-ce qui se passe, Blédurt ? a

demandé Papa. C'est ta radinerie habituelle qui te fait parler, ou tu es fauché ?

— Dis donc, machin, a répondu M. Blédurt, c'est la nouvelle mode ça de venir mendier chez les gens ?

— Il faut que ce soit toi, Blédurt, pour refuser de faire plaisir à un enfant ! a crié Papa.

— Je ne refuse pas de faire plaisir à un enfant, a dit M. Blédurt. Je refuse simplement de l'encourager dans la voie dangereuse dans laquelle l'engagent des parents irresponsables. Et d'abord, pourquoi est-ce que tu ne le lui achètes pas, toi, son carnet ?

— L'éducation de mon enfant ne regarde que moi, a dit Papa, et je ne t'accorde pas le droit de porter des jugements sur des sujets que tu ignores d'ailleurs totalement ! Et puis l'opinion d'un radin, moi...

— Un radin, a dit M. Blédurt, qui te prête sa tondeuse à gazon chaque fois que tu en as besoin.

— Tu peux la garder, ta sale tondeuse à gazon ! a crié Papa. Et ils ont commencé à se pousser l'un et l'autre, et puis Mme Blédurt — c'est la femme de M. Blédurt — est arrivée en courant.

— Que se passe-t-il ici ? elle a demandé.

Alors moi, je me suis mis à pleurer, et puis je lui ai expliqué le coup de la tombola et du terrain des sports, et que personne ne voulait m'acheter mes billets, que ce n'était pas juste, et que je me tuerais.

— Ne pleure pas, mon lapin, m'a dit Mme Blédurt. Moi, je te l'achète, ton carnet.

Mme Blédurt m'a embrassé, elle a pris son sac, elle m'a payé, je lui ai donné mon carnet, et je suis revenu à la maison, content comme tout.

Ceux qui sont embêtés maintenant, c'est Papa et M. Blédurt, parce que Mme Blédurt a mis le vélomoteur dans la cave, et elle ne veut pas le leur prêter.

L'insigne

C'est Eudes qui a eu l'idée ce matin, à la récré :

— Vous savez, les gars, il a dit, ceux de la bande, on devrait avoir une insigne !

— « Un » insigne, a dit Agnan.

— Toi, on ne t'a pas sonné, sale cafard ! a dit Eudes.

Et Agnan est parti en pleurant et en disant qu'il n'était pas un cafard, et qu'il allait le lui prouver.

— Et pourquoi faire, un insigne ? j'ai demandé.

— Ben, pour se reconnaître, a dit Eudes.

— On a besoin d'un insigne pour se reconnaître ? a demandé Clotaire, très étonné.

Alors, Eudes a expliqué que l'insigne c'était pour reconnaître ceux de la bande, que ça serait drôlement utile quand on attaquerait les ennemis, et nous on a tous trouvé que c'était une idée très chouette, et Rufus a dit que ce qui serait encore mieux, ce serait que ceux de la bande aient un uniforme.

— Et où est-ce que tu vas trouver un uniforme ? a demandé Eudes. Et puis d'abord, avec un uniforme, on aurait l'air de guignols !

— Alors, mon père, il a l'air d'un guignol ? a demandé Rufus, qui a un Papa qui est agent de police et qui n'aime pas qu'on se moque de sa famille.

Mais Eudes et Rufus n'ont pas eu le temps de se battre, parce qu'Agnan est revenu avec le Bouillon, et il a montré Eudes du doigt.

— C'est lui, m'sieur, a dit Agnan.

— Que je ne vous reprenne plus à traiter votre camarade de cafard ! a dit le Bouillon, qui est notre surveillant. Regardez-moi bien dans les yeux ! C'est compris ?

Et il est parti avec Agnan, qui était drôlement content.

— Et il serait comment, l'insigne ? a demandé Maixent.

— En or, c'est chouette, a dit Geoffroy. Mon père, il en a un en or.

— En or ! a crié Eudes. Mais t'es complètement fou ! Comment tu vas faire pour dessiner sur de l'or ?

Et on a tous trouvé qu'Eudes avait raison, et on a décidé que les insignes, on allait les faire avec du papier. Et puis on a commencé à discuter pour savoir comment il serait, l'insigne.

— Mon grand frère, a dit Maixent, il est membre d'un club, et il a un insigne terrible, avec un ballon de foot et du laurier autour.

— C'est bon, le laurier, a dit Alceste.

— Non, a dit Rufus, ce qui est chouette, c'est deux mains qui se serrent pour montrer qu'on est un tas de copains.

On devrait mettre, a dit Geoffroy, le nom de la bande : « la bande des Vengeurs », et puis deux épées qui se croisent, et puis un aigle, et puis le drapeau, et nos noms autour.

— Et puis du laurier, a dit Alceste.

Eudes a dit que c'était trop de choses, mais qu'on lui avait donné des idées, qu'il allait dessiner l'insigne en classe et qu'il nous le montrerait à la récré suivante.

— Dites, les gars, a demandé Clotaire, c'est quoi, un insigne ?

Et puis la cloche a sonné et nous sommes montés en classe. Comme Eudes avait déjà été

interrogé en géographie la semaine dernière, il a pu travailler tranquillement. Il était drôlement occupé, Eudes ! Il avait la figure sur son cahier, il faisait des ronds avec son compas. Il peignait avec des crayons de couleur, il tirait la langue, et nous, nous étions tous drôlement impatients de voir notre insigne. Et puis Eudes a terminé son travail, il a mis la tête loin de son cahier, il a regardé en fermant un œil et il a eu l'air content comme tout. Et puis la cloche a sonné la récré.

Quand le Bouillon a fait rompre les rangs, nous nous sommes tous mis autour d'Eudes, qui, très fier, nous a montré son cahier. L'insigne était assez chouette. C'était un rond, avec une tache d'encre au milieu et une autre sur le côté ; à l'intérieur du rond, c'était bleu, blanc, jaune, et tout autour c'était écrit : « EG-MARJNC. »

— C'est pas terrible ? a demandé Eudes.

— Ouais, a dit Rufus, mais c'est quoi, la tache, là ?

— C'est pas une tache, imbécile, a dit Eudes, c'est deux mains qui se serrent.

— Et l'autre tache, j'ai demandé, c'est aussi deux mains qui se serrent ?

— Mais non, a dit Eudes, pourquoi veux-tu qu'il y ait quatre mains ? L'autre, c'est une vraie tache. Elle ne compte pas.

— Et ça veut dire quoi : « EGMARJNC » ? a demandé Geoffroy.

— Ben, a dit Eudes, c'est les premières lettres de nos noms, tiens !

— Et les couleurs ? a demandé Maixent. Pourquoi t'as mis du bleu, du blanc et du jaune ?

— Parce que j'ai pas de crayon rouge, nous a expliqué Eudes. Le jaune, ce sera du rouge.

— En or, ça serait mieux, a dit Geoffroy.

— Et puis il faudrait mettre du laurier tout autour, a dit Alceste.

Alors, Eudes s'est fâché, il a dit qu'on n'était pas des copains et que si ça ne nous plaisait pas, eh bien tant pis, il n'y aurait pas d'insigne, et que ça ne valait vraiment pas la peine de se donner du mal et de travailler en classe, c'est vrai, quoi, à la fin. Mais nous on a tous dit que son insigne était très chouette, et c'est vrai qu'il était assez bien et on était drôlement contents d'avoir un insigne pour reconnaître ceux de la bande, et on a décidé de le porter toujours, même quand on serait grands, pour que les gens sachent que nous sommes de la bande des Vengeurs. Alors, Eudes a dit qu'il ferait tous les insignes chez lui à la maison, ce soir, et que nous on devait arriver demain matin avec des épingles pour mettre les insignes à la boutonnière. On a tous crié :

« Hip, hip, hourra ! » et Eudes a dit à Alceste qu'il essayerait de mettre un peu de laurier, et Alceste lui a donné un petit morceau de jambon de son sandwich.

Le lendemain matin, quand Eudes est arrivé dans la cour de l'école, nous avons tous couru vers lui.

— T'as les insignes ? on lui a demandé.

— Oui, a dit Eudes. J'ai eu un drôle de travail, surtout pour les découper en rond.

Et il nous a donné à chacun notre insigne, et c'était vraiment très bien : bleu, blanc, rouge, avec des trucs marron sous les mains qui se serrent.

— C'est quoi, les choses marron ? a demandé Joachim.

— C'est le laurier, a expliqué Eudes ; je n'avais pas de crayon vert.

Et Alceste a été très content. Et comme nous avions tous une épingle, nous avons mis nos insignes à la boutonnière de nos vestons, et on était rien fiers, et puis Geoffroy a regardé Eudes et il lui a demandé :

— Et pourquoi ton insigne est beaucoup plus grand que les nôtres ?

— Ben, a dit Eudes, l'insigne du chef est toujours plus grand que les autres.

— Et qui a dit que tu étais le chef, je vous prie ? a demandé Rufus.

126

— C'est moi qui ai eu l'idée de l'insigne, a dit Eudes. Alors je suis le chef, et ceux à qui ça ne plaît pas, je peux leur donner des coups de poing sur le nez !

— Jamais de la vie ! jamais de la vie ! a crié Geoffroy. Le chef, c'est moi !

— Tu rigoles, j'ai dit.

— Vous êtes tous des minables ! a crié Eudes, et puis d'abord, puisque c'est comme ça, vous n'avez qu'à me les rendre, mes insignes !

— Voilà ce que j'en fais de ton insigne ! a crié Joachim, et il a enlevé son insigne, il l'a déchiré, il l'a jeté par terre, il l'a piétiné et il a craché dessus.

— Parfaitement ! a crié Maixent.

Et nous avons tous déchiré nos insignes, nous les avons jetés par terre, nous les avons piétinés et nous avons craché dessus.

— C'est pas un peu fini, ce manège ? a

demandé le Bouillon. Je ne sais pas ce que vous faites, mais je vous interdis de continuer à le faire. C'est compris ?

Et quand il est parti, nous avons dit à Eudes qu'il n'était pas un copain, qu'on ne lui parlerait plus jamais de notre vie et qu'il ne faisait plus partie de notre bande. Eudes a répondu que ça lui était égal et que, de toute façon, il ne voulait pas faire partie d'une bande de minables. Et il est parti avec son insigne qui est grand comme une soucoupe.

Et maintenant, pour reconnaître ceux de la bande, c'est facile : ceux de la bande, ce sont ceux qui n'ont pas d'insigne bleu, blanc, rouge avec EGMARJNC écrit autour et deux mains qui se serrent, au milieu, avec du laurier marron en dessous.

Le message secret

Pendant la composition d'histoire, hier, à
l'école, il s'est passé quelque chose de terrible.
Agnan, qui est le premier de la classe et le
chouchou de la maîtresse, a levé le doigt, et il a
crié :

— Mademoiselle ! Cet élève copie !

— C'est pas vrai, sale menteur ! a crié Geoffroy.

Mais la maîtresse est venue, elle a pris la
feuille de Geoffroy, celle d'Agnan, elle a
regardé Geoffroy, qui a commencé à pleurer,

elle lui a mis un zéro, et après la composition, elle l'a emmené chez le directeur. La maîtresse est revenue seule en classe, et elle nous a dit :

— Mes enfants, Geoffroy a commis une faute très grave ; non seulement il a copié sur un camarade, mais encore, il a persisté à nier, ajoutant le mensonge à la malhonnêteté. Par conséquent, M. le Directeur a suspendu Geoffroy pour deux jours. J'espère que cela lui servira de leçon, et lui apprendra que, dans la vie, la malhonnêteté ne paie pas. Maintenant, prenez vos cahiers, nous allons faire une dictée.

A la récré, on était bien embêtés, parce que Geoffroy est un copain, et quand on est suspendu, c'est terrible, parce que les parents font des histoires et vous privent d'un tas de choses.

— Il faut venger Geoffroy ! a dit Rufus. Geoffroy fait partie de la bande, et nous, on doit le venger contre ce sale chouchou d'Agnan. Ça servira de leçon à Agnan, et ça lui apprendra que dans la vie, ça ne paie pas de faire le guignol.

Nous, on a été tous d'accord, et puis Clotaire a demandé :

— Et comment on va faire pour se venger d'Agnan ?

— On pourrait tous l'attendre à la sortie, a dit Eudes, et on lui taperait dessus.

— Mais non, a dit Joachim. Tu sais bien qu'il porte des lunettes, et qu'on ne peut pas lui taper dessus.

— Et si on ne lui parlait plus ? a dit Maixent.

— Bah ! a dit Alceste. De toute façon, on ne lui parle presque jamais, alors, il ne se rendra pas compte qu'on ne lui parle plus.

— On pourrait peut-être le prévenir, a dit Clotaire.

— Et si on étudiait tous drôlement pour la prochaine composition, et qu'on était tous premiers à sa place ? j'ai dit.

— T'es pas un peu fou ? m'a demandé Clotaire en se donnant des coups sur le front avec le doigt.

— Moi, je sais, a dit Rufus. J'ai lu une histoire, dans une revue, et le héros, qui est un bandit et qui porte un masque, vole l'argent des riches pour le donner aux pauvres, et quand les riches veulent voler les pauvres pour ravoir leur argent, alors lui, il leur envoie un message, et c'est écrit : « On ne se moque pas impunément du Chevalier Bleu. » Et les ennemis ont drôlement peur, et ils n'osent plus voler.

— Ça veut dire quoi : « impunément » ? a demandé Clotaire.

— Mais, j'ai dit, si on envoie un message à Agnan, il saura que c'est nous qui l'avons écrit, même si nous mettons des masques. Et nous serons punis.

— Non, monsieur, a dit Rufus. Je connais un truc que j'ai vu dans un film, où des bandits envoyaient des messages, et pour qu'on ne reconnaisse pas leur écriture, ils écrivaient les messages avec des lettres découpées dans des journaux et collées sur des feuilles de papier, et personne ne les découvrait jusqu'à la fin du film !

Nous on a trouvé que c'était une drôlement bonne idée, parce qu'Agnan aurait tellement peur de notre vengeance, qu'il quitterait peut-être l'école, et ce serait bien fait pour lui.

— Et qu'est-ce qu'on va écrire dans le message ? a demandé Alceste.

— Eh ben, a dit Rufus, on va mettre : « On ne se moque pas impunément de la bande des Vengeurs ! »

On a tous crié : « Hip, hip, hourra ! » Clotaire a demandé ce que ça voulait dire « impunément », et on a décidé que ce serait Rufus qui préparerait le message pour demain.

Et quand on est arrivé à l'école, ce matin, on s'est tous mis autour de Rufus, et on lui a demandé s'il avait le message.

— Oui, a dit Rufus. Même que ça a fait des histoires chez moi, parce que j'ai découpé le journal de mon père, et mon père n'avait pas fini de le lire, et il m'a donné une baffe, et il m'a privé de dessert, et c'était du flan.

Et puis Rufus nous a montré le message, et il était écrit avec des tas de lettres différentes, et nous, on a tous trouvé que c'était très bien, sauf Joachim qui a dit que c'était pas terrible, et qu'on ne pouvait pas bien lire.

— Alors, moi, je n'ai pas eu de flan, a crié Rufus, j'ai travaillé comme un fou avec les ciseaux et la colle, et cet imbécile trouve que c'est pas terrible ? La prochaine fois, tu le feras toi-même, le message, tiens !

— Ouais ? a crié Joachim. Et qui est un imbécile, imbécile toi-même ?

Alors, ils se sont battus, et le Bouillon, c'est notre surveillant mais ce n'est pas son vrai nom, est arrivé en courant, il leur a dit qu'il en avait assez de les voir se conduire comme des sauvages, et il les a mis en retenue pour jeudi,

On nE se mOqUE PAs
IMpuNémEnt De LA
BaNdE DeS
VÉ NgEurs

tous les deux. Heureusement, il n'a pas confisqué le message, parce que Rufus l'avait donné
à Clotaire avant de commencer à se battre. En
classe, j'attendais que Clotaire m'envoie le
message ; comme je suis celui qui est assis le
plus près d'Agnan, c'est moi qui devais mettre
le message sur son banc, sans qu'il me voie.
Comme ça, quand il se retournerait, il verrait
le papier, et il ferait une drôle de tête, Agnan.

Mais Clotaire regardait le message sous son
pupitre, et il demandait des choses à Maixent,

qui est assis à côté de lui. Et tout d'un coup, la maîtresse a crié :

— Clotaire ! Répétez ce que je viens de dire !

Et comme Clotaire, qui s'était levé, ne répétait rien du tout, la maîtresse a dit :

— Parfait, parfait. Eh bien, voyons si votre voisin est plus attentif que vous... Maixent, je vous prie, voulez-vous me répéter ce que je viens de dire ?

Alors Maixent s'est levé, et il s'est mis à pleurer, et la maîtresse a dit à Clotaire et à Maixent de conjuguer à tous les temps de l'indicatif et du subjonctif, le verbe : « Je dois être attentif en classe, au lieu de me distraire en y faisant des niaiseries, car je suis à l'école pour m'instruire, et non pas pour me dissiper ou m'amuser. »

Et puis Eudes, qui est assis derrière notre banc, a passé le message à Alceste. Alceste me l'a passé, et la maîtresse a crié :

— Mais vous avez le diable au corps, aujourd'hui ! Eudes, Alceste, Nicolas ! Venez me montrer ce papier ! Allons ! Inutile d'essayer de le cacher, je vous ai vus ! Eh bien ? J'attends !

Alceste est devenu tout rouge, moi je me suis mis à pleurer. Eudes a dit que c'était pas sa faute, et la maîtresse est venue chercher le message ; elle l'a lu, elle a ouvert de grands yeux, elle nous a regardés, et elle a dit :

— « On ne se moque pas impunément de la bande des Vengeurs ? » Qu'est-ce donc que ce charabia ?... Oh, et puis je ne veux pas le savoir, ça ne m'intéresse pas ! Vous feriez mieux de travailler en classe, au lieu de faire des bêtises. En attendant, vous viendrez tous les trois en retenue, jeudi.

On nE se mOqUE PAs
IMpuNémEnt De LA
BaNdE DeS
VE NgEurs

A la récré, Agnan, il rigolait. Mais il a bien tort de rigoler, ce sale chouchou.

Parce que, comme a dit Clotaire, impunément ou non, on ne fait pas le guignol avec la bande des Vengeurs !

Jonas

Eudes, qui est un copain qui est très fort et qui aime bien donner des coups de poing sur le nez des copains, a un grand frère qui s'appelle Jonas et qui est parti faire le soldat. Eudes est très fier de son frère et il nous en parle tout le temps.

— Nous avons reçu une photo de Jonas en uniforme, il nous a dit un jour. Il est terrible ! Demain, je vous apporte la photo.

Et Eudes nous a apporté la photo, et Jonas était très bien, avec son béret et un grand sourire tout content.

— Il a pas de galons, a dit Maixent.

— Ben, c'est parce qu'il est nouveau, a expliqué Eudes, mais il va sûrement devenir officier et commander des tas de soldats. En tout cas, il a un fusil.

— Il a pas de revolver ? a demandé Joachim.

— Bien sûr que non, a dit Rufus. Les revolvers, c'est pour les officiers. Les soldats, ils n'ont que des fusils.

Ça, ça ne lui a pas plu, à Eudes.

— Qu'est-ce que tu en sais ? il a dit. Jonas a un revolver, puisqu'il va devenir officier.

— Ne me fais pas rigoler, a dit Rufus. Mon père, lui, il a un revolver.

— Ton père, a crié Eudes, il n'est pas officier ! Il est agent de police. C'est pas malin d'avoir un revolver quand on est agent de police !

— Un agent de police, c'est comme un officier, a crié Rufus. Et puis d'abord, mon père, il a un képi ! Il a un képi, ton frère ?

Et Eudes et Rufus se sont battus.

Une autre fois, Eudes nous a raconté que Jonas était parti en manœuvres avec son régiment et qu'il avait fait des choses terribles, qu'il avait tué des tas d'ennemis et que le général l'avait félicité.

— Dans les manœuvres, on ne tue pas d'ennemis, a dit Geoffroy.

— On fait comme si, a expliqué Eudes. Mais c'est très dangereux.

— Ah ! non, ah ! non, a dit Geoffroy. Si on fait comme si, ça vaut pas ! Ça serait trop facile !

— Tu veux un coup de poing sur le nez ? a demandé Eudes. Et ça ne sera pas comme si !

— Essaie ! lui a dit Geoffroy.

Eudes a essayé, il a réussi, et ils se sont battus.

La semaine dernière, Eudes nous a raconté que Jonas avait été de garde pour la première fois, et que si on l'avait choisi pour être de garde, c'était parce qu'il était le meilleur soldat du régiment.

— Parce que c'est seulement le meilleur soldat du régiment qui fait la garde ? j'ai demandé.

— Et alors ? m'a dit Eudes. Tu ne voudrais tout de même pas qu'on donne le régiment à garder à un imbécile ? Ou à un traître qui laisserait entrer les ennemis dans la caserne ?

— Quels ennemis ? a demandé Maixent.

— Et puis d'abord, c'est des blagues, a dit Rufus. Tous les soldats font la garde, chacun à son tour. Les imbéciles comme les autres.

— C'est bien ce que je pensais, j'ai dit.

— Et puis, c'est pas dangereux de faire la

garde, a dit Geoffroy. Tout le monde peut la faire !

— J'aimerais t'y voir, a crié Eudes. Rester tout seul, la nuit, comme ça, à garder le régiment.

— C'est plus dangereux de sauver quelqu'un qui se noie, comme je l'ai fait pendant les dernières vacances ! a dit Rufus.

— Ne me fais pas rigoler, a dit Eudes, t'as sauvé personne, et t'es un menteur. Et puis, vous savez ce que vous êtes ? Vous êtes tous des idiots !

Alors, on s'est tous battus avec Eudes, et moi j'ai reçu un gros coup de poing sur le nez, et le Bouillon, qui est notre surveillant, nous a tous mis au piquet.

Il commence à nous embêter, Eudes, avec son frère.

Et ce matin, Eudes est arrivé, tout énervé.

— Eh les gars ! Eh les gars ! il a crié. Vous savez pas quoi ? Nous avons reçu une lettre de mon frère, ce matin ! Il vient en permission ! Il arrive aujourd'hui ! Il doit déjà être à la maison ! Moi, je voulais rester pour l'attendre, mais mon père n'a pas voulu. Mais il m'a promis de dire à Jonas de venir me chercher à l'école, à midi ! Et vous ne savez pas la meilleure ? Allez, devinez !...

Comme personne n'a rien dit, Eudes a crié, tout fier :

— Il a un grade ! Il est première classe !

— C'est pas un grade, ça, a dit Rufus.

— C'est pas un grade, qu'il dit, a dit Eudes, en rigolant. Parfaitement que c'est un grade, et il a un galon sur la manche. Il nous l'a écrit !

— Et ça fait quoi, un première classe ? j'ai demandé.

— Ben, c'est comme un officier, a dit Eudes. Ça commande des tas de soldats, ça donne des ordres ; à la guerre, c'est celui qui conduit les autres à la bataille ; les soldats doivent le saluer quand il passe. Parfaitement, monsieur ! Les soldats doivent saluer mon frère quand il passe ! Comme ça !

Et Eudes a mis la main contre le côté de la tête, pour saluer.

— Ça c'est chouette ! a dit Clotaire.

On était tous un peu jaloux d'Eudes, qui a un frère en uniforme, avec des galons, et que tout le monde salue. Et puis aussi, on était contents de le voir à la sortie de l'école. Moi, je l'avais déjà vu une fois ou deux, le frère d'Eudes, mais c'était avant, quand il n'était pas encore soldat et que personne ne le saluait. Il est très fort et très gentil.

— D'ailleurs, à la sortie, nous a dit Eudes, il vous racontera lui-même. Je vous laisserai lui parler.

On est montés en classe très énervés, mais le plus énervé de tous, bien sûr, c'était Eudes. Sur son banc, il bougeait et il se penchait pour parler aux copains qui étaient sur les bancs autour de lui.

— Eudes ! a crié la maîtresse. Je ne sais pas ce que vous avez ce matin, mais vous êtes insupportable ! Si vous continuez, je vous garde après la classe !

— Oh ! non, mademoiselle ! Non ! on a tous crié.

La maîtresse nous a regardés, tout étonnée, et Eudes lui a expliqué que son frère, le gradé, venait l'attendre à la sortie.

La maîtresse s'est penchée pour chercher

quelque chose dans son tiroir ; mais nous on la connaît, on sait que quand elle fait ça, c'est qu'elle a envie de rigoler ; et puis elle a dit :

— Bon. Mais tenez-vous tranquilles. Surtout vous, Eudes, il faut être sage, pour être digne d'un frère soldat !

Elle nous a paru drôlement longue la classe, et quand la cloche a sonné, tous nos cartables étaient prêts et nous sommes sortis en courant.

Sur le trottoir, Jonas nous attendait. Il n'était pas en uniforme ; il avait un pull-over jaune et un pantalon bleu à rayures, et là on a été un peu déçus.

— Salut, tête de pioche ! il a crié quand il a vu Eudes. T'as encore grandi !

Et Jonas a embrassé Eudes sur les deux joues, il lui a frotté la tête et il a fait semblant de lui donner un coup de poing. Il est drôlement chouette, le frère d'Eudes. J'aimerais bien avoir un grand frère comme lui !

— Pourquoi t'es pas en uniforme, Jojo ? a demandé Eudes.

— En perme ? Tu rigoles ! a dit Jonas.

Et puis il nous a regardés et il a dit :

— Ah ! mais voilà tes copains. Ça, c'est Nicolas... Et le petit gros, là, c'est Alceste... Et l'autre, là, c'est... c'est...

— Maixent ! a crié Maixent, tout fier que Jonas l'ait reconnu.

— Dites, a demandé Rufus. C'est vrai que maintenant que vous avez des galons, vous commandez des hommes sur le champ de bataille ?

— Sur le champ de bataille ? a rigolé Jonas. Sur le champ de bataille, non, mais à la cuisine, je surveille les corvées de pluches. Je suis affecté aux cuisines. C'est pas toujours drôle, mais on mange bien. Il y a du rab.

Alors, Eudes a regardé Jonas, il est devenu tout blanc et il est parti en courant.

— Eudes ! Eudes ! a crié Jonas. Mais qu'est-ce qu'il a, celui-là ? Attends-moi, tête de pioche ! attends-moi !

Et Jonas est parti en courant, après Eudes.

Nous, nous sommes partis aussi, et Alceste a dit qu'Eudes devait être fier d'avoir un frère qui avait si bien réussi dans l'armée.

La craie

Allons, bon ! a dit la maîtresse, il n'y a plus de craie ! Il va falloir aller en chercher.

Alors on a tous levé le doigt et on a crié : « Moi ! Moi, mademoiselle ! » sauf Clotaire qui n'avait pas entendu. D'habitude, c'est Agnan, qui est le premier de la classe et le chouchou de la maîtresse, qui va chercher les fournitures, mais là, Agnan était absent parce qu'il a la grippe, alors on a tous crié : « Moi ! Moi, mademoiselle ! »

— Un peu de silence ! a dit la maîtresse. Voyons... Vous, Geoffroy, allez-y, mais revenez vite, n'est-ce pas ? Ne traînez pas dans les couloirs.

Geoffroy est parti, content comme tout, et il est revenu avec un gros sourire et des bâtons de craie plein la main.

— Merci, Geoffroy, a dit la maîtresse. Allez vous asseoir ; Clotaire, passez au tableau. Clotaire, je vous parle !

Quand la cloche a sonné, nous sommes tous sortis en courant, sauf Clotaire, à qui la maîtresse avait des choses à dire, comme chaque fois quand elle l'interroge.

Et Geoffroy nous a dit, dans l'escalier :

— A la sortie, venez avec moi. J'ai un truc terrible à vous montrer !

Nous sommes tous sortis de l'école, et on a demandé à Geoffroy ce qu'il avait à nous montrer, mais Geoffroy a regardé de tous les côtés, et il a dit : « Pas ici. Venez ! » Il aime bien faire des mystères, Geoffroy, il est énervant pour ça. Alors on l'a suivi, on a tourné le coin de la rue, on a traversé, on a continué encore un peu, on a retraversé, et puis Geoffroy s'est arrêté, et nous nous sommes mis autour de lui. Geoffroy a encore regardé partout, il a mis la main dans sa poche, et il nous a dit :

— Regardez !

Et dans sa main, il avait — vous ne le devineriez jamais — un bâton de craie !

— Le Bouillon m'a donné cinq bâtons, nous a expliqué Geoffroy, tout fier. Et moi, je n'en ai donné que quatre à la maîtresse !

— Eh ben dis donc, a dit Rufus, t'as du culot, toi !

— Ouais, a dit Joachim, si le Bouillon ou la maîtresse savaient ça, tu te ferais renvoyer, c'est sûr !

Parce que c'est vrai, avec les fournitures de l'école, il faut pas faire les guignols ! La semaine dernière, un grand a tapé sur la tête d'un autre grand avec la carte qu'il portait, la carte s'est déchirée, et les deux grands ont été suspendus.

— Les lâches et les froussards n'ont qu'à partir, a dit Geoffroy. Les autres, on va rigoler avec la craie.

Et nous sommes tous restés, d'abord parce qu'on n'est pas des lâches ni des froussards dans la bande, et puis aussi, parce qu'avec un bâton de craie, on peut drôlement s'amuser et faire des tas et des tas de choses. Ma Mémé, une fois, elle m'a envoyé un tableau noir, plus petit que celui de l'école, et une boîte de bâtons de craie, mais Maman m'a pris les craies, parce qu'elle disait que j'en mettais partout, sauf sur le tableau. C'est dommage, c'étaient des craies de toutes les couleurs, des rouges, des bleues, des jaunes, et j'ai dit que ce qui aurait été chouette, ça aurait été d'avoir des craies de couleur.

— Ah, bravo ! a crié Geoffroy. Moi, je prends des risques terribles, et monsieur Nicolas n'aime pas la couleur de ma craie. Puisque t'es si malin, t'as qu'à aller en demander, toi, des craies de couleur, au Bouillon ! Vas-y ! Mais qu'est-ce que t'attends ? Vas-y ! Toi, tu parles, tu parles, mais t'aurais jamais osé en garder de la craie, tiens ! Je te connais !

on rigole bien !

— Ouais, a dit Rufus.

Alors, j'ai jeté mon cartable, j'ai pris Rufus par le veston, et je lui ai crié :

— Retire ce que tu as dit !

Mais comme il ne voulait rien retirer du tout, on a commencé à se battre, et puis on a entendu une grosse voix qui criait d'en haut :

— Voulez-vous cesser tout de suite, petits voyous ! Allez jouer ailleurs, ou j'appelle la police !

Alors nous sommes tous partis en courant, nous avons tourné le coin de la rue, nous avons traversé, retraversé, et nous nous sommes arrêtés.

— Quand vous aurez fini de faire les guignols, a dit Geoffroy, on pourra peut-être continuer à s'amuser avec ma craie.

— Si ce type-là reste ici, moi je m'en vais ! a crié Rufus. Tant pis pour ta craie.

Et il est parti, et je ne lui parlerai plus jamais de ma vie.

— Bon, a dit Eudes, qu'est-ce qu'on va faire avec la craie ?

— Ce qui serait bien, a dit Joachim, ce serait d'écrire des choses sur les murs.

— Oui, a dit Maixent. On pourrait écrire : « La bande des Vengeurs ! » Comme ça, les ennemis sauraient que nous sommes passés par ici.

— Ah, très bien, a dit Geoffroy. Et puis moi, je me fais renvoyer de l'école ! Très bien ! Bravo !

— T'es un lâche, quoi ! a dit Maixent.

— Un lâche, moi qui ai pris des risques terribles ? Tu me fais rigoler, tiens ! a dit Geoffroy.

— Si t'es pas un lâche, écris sur le mur, a dit Maixent.

— Et si après on est tous renvoyés ? a demandé Eudes.

— Bon, les gars, a dit Joachim. Moi, je m'en vais. Sinon, je vais arriver en retard à la maison, et je vais avoir des histoires.

Et Joachim est parti en courant drôlement vite. Je ne l'avais jamais vu tellement pressé de rentrer chez lui.

— Ce qui serait bien, a dit Eudes, ce serait de faire des dessins sur des affiches. Tu sais,

Qu'est ce qu'on peut rigoler !

mettre des lunettes, des moustaches, des barbes et des pipes !

On a tous trouvé que c'était une chouette idée, seulement dans la rue, là, il n'y avait pas d'affiches. Alors on a commencé à marcher, mais c'est toujours la même chose ; quand on cherche des affiches, on n'en trouve pas.

— Pourtant, a dit Eudes, je me souviens d'une affiche, quelque part, dans le quartier... Tu sais, le petit garçon qui mange un gâteau au chocolat, avec de la crème dessus...

— Oui, a dit Alceste. Je la connais. Je l'ai même découpée dans un journal de ma mère.

Et Alceste nous a dit qu'on l'attendait chez lui pour le goûter ; et il est parti en courant.

Comme il se faisait tard, on a décidé de ne plus chercher d'affiches, et de continuer à rigoler avec le bâton de craie.

— Vous savez quoi, les gars, a crié Maixent. On pourrait faire une marelle ! On va dessiner sur le trottoir, et...

— T'es pas un peu fou ? a dit Eudes. La marelle, c'est un jeu de filles !

— Non monsieur, non monsieur ! a dit Maixent, qui est devenu tout rouge. C'est pas un jeu de filles !

Alors Eudes s'est mis à faire des tas de grimaces, et il a chanté d'une voix toute fine :

— Mademoiselle Maixent veut jouer à la marelle ! Mademoiselle Maixent veut jouer à la marelle !

— Viens te battre dans le terrain vague ! a crié Maixent. Allez, viens, si t'es un homme !

Et Eudes et Maixent sont partis ensemble, mais au bout de la rue ils se sont séparés. C'est qu'en s'amusant avec le bâton de craie, comme ça, on ne s'en rendait pas compte, mais il commençait à se faire drôlement tard.

Nous sommes restés seuls, Geoffroy et moi. Goeffroy a fait comme si le bâton de craie était une cigarette, et puis après, il l'a mis entre sa lèvre d'en haut et le nez, comme si c'était une moustache.

— Tu m'en donnes un morceau ? j'ai demandé.

Mais Geoffroy a fait non avec la tête ; alors moi, j'ai essayé de lui prendre le bâton de craie, mais le bâton de craie est tombé par terre, et il s'est cassé en deux. Il était drôlement furieux, Geoffroy.

— Tiens ! il a crié. Voilà ce que j'en fais de ton morceau !

Et avec son talon, il a écrasé un des morceaux de craie.

— Ah oui ? j'ai crié, eh ben voilà ce que j'en fais de ton morceau à toi !

Et, crac ! avec mon talon, j'ai écrasé son morceau de craie à lui.

jet comme on n'avait plus de craie, on est rentré chacun chez soi.

Pour une fois qu'on rigola

POURRIEZ-VOUS FAIRE PARTIE DE LA BANDE DES VENGEURS ?

Pour le savoir, répondez à chacune des questions de ce test. Comptez ensuite le nombres de ○, △ et ☆ obtenus et reportez-vous aux résultats figurant à la fin de ce livre.

1. *Au collège, vous préféreriez obtenir :*
A. Un prix de gym △
B. Un prix de camaraderie ○
C. Un prix de maths ☆

2. *Dans une partie de foot, vous préférez être :*
A. Avant-centre △
B. Gardien de but ☆
C. Arbitre ○

3. *Vous reprocheriez à Agnan d'être :*
A. Un bon élève ○
B. Le chouchou △
C. Un cafard ☆

4. *A vos yeux, le camarade le plus sympathique est :*
A. Le premier en gym ☆
B. Le dernier de la classe ○
C. Le pitre de la classe △

5. *Pendant vos loisirs :*
A. Vous regardez la télévision ○
B. Vous traînez dehors △
C. Vous allez à la piscine ☆

6. *L'opinion que les autres ont de vous :*
A. Est essentielle ○
B. Vous intéresse △
C. Vous laisse indifférent ☆

7. *Avec votre argent de poche :*
A. Vous faites des économies ○
B. Vous achetez ce qui vous plaît △
C. Vous cherchez à épater les copains ☆

8. *C'est la composition d'histoire :*
A. Vous copiez sur votre voisin ☆
B. Vous avez des « antisèches » △
C. Vous savez vos leçons ○

9. *Lorsque vous levez la main en classe :*
A. Vous êtes tout de suite interrogé △
B. Vous n'êtes jamais interrogé ○
C. On finit par vous interroger parce que vous insistez ☆

10. *Lorsque vous vous disputez avec vos copains :*
A. Vous cherchez à vous réconcilier le plus vite possible ☆
B. Vous attendez qu'ils fassent le premier pas △
C. Vous trouvez d'autres copains ○

Solutions page 184

1
SUR L'ENSEMBLE DU TEXTE

Avez-vous bien lu
« Joachim a des ennuis » ?

Pour le savoir, répondez aux questions suivantes sans consulter le livre et, bien entendu, sans regarder les solutions...

1. *Le petit frère de Joachim s'appelle :*
A. Ludovic
B. Léonce
C. Valentin

2. *Le patron du père de Nicolas s'appelle :*
A. M. Bordenave
B. M. Mouchabière
C. M. Moucheboume

3. *Nicolas reçoit du patron de son père :*
A. Un jeu de l'oie
B. Un jeu de dames
C. Un jeu de dominos

4. *Pour sa composition d'histoire, Nicolas reçoit :*
A. 20 francs
B. 10 francs
C. 5 francs

5. *Le surveillant de l'école est surnommé :*
A. Le Croûton
B. Le Bouillon
C. Le Torchon

6. *En orthographe, Nicolas est classé :*
A. Quinzième
B. Septième
C. Quatrième

7. *Avec sa lampe de poche, Nicolas retrouve :*
A. Une bille
B. Une pantoufle
C. Un stylo

8. *Nicolas échange sa lampe contre :*
A. Un sifflet à roulette
B. Un ballon de foot
C. 50 tablettes de chocolat

9. *A cause de l'arrivée de Mémé, Papa doit dormir :*
A. Sur le sofa
B. Dans la baignoire
C. A l'hôtel

10. *Le père de Rufus est :*
A. Pompier
B. Agent de police
C. Détective privé

11. *Pour la leçon de choses, Maixent a apporté :*
A. Un ménu
B. Un coupe-papier
C. Un coquillage

12. *Geoffroy a retrouvé sa montre en or dans :*
A. La poche de Rufus
B. La corbeille de la classe
C. La doublure de son veston

13. *Mme Moucheboume demande à la maman de Nicolas :*
A. S'il travaille bien à l'école
B. S'il est gentil avec elle
C. S'il a eu la rougeole

14. *Le prix d'un billet de tombola est de :*
A. 1 franc
B. 5 francs
C. 10 francs

15. *Nicolas vend son carnet de billets :*
A. A son père
B. A M. Blédurt
C. A Mme Blédurt

16. L'insigne des Vengeurs est :
A. En papier
B. En plastique
C. En carton

17. *Pour avoir copié sur Agnan, Geoffroy est suspendu :*
A. 8 jours
B. 4 jours
C. 2 jours

18. *L'idée de la lettre anonyme est de :*
A. Rufus
B. Nicolas
C. Eudes

19. *Jonas a bien réussi dans l'armée aux yeux de :*
A. Rufus
B. Geoffroy
C. Alceste

20. *Avec la craie, Maixent propose :*
A. De jouer à la marelle
B. De se barbouiller le visage
C. De dessiner sur les affiches

Solutions page 184

Chapitres dans le désordre

Joachim a des ennuis comporte seize chapitres. Nous avons donné à chacun un titre différent, en mélangeant volontairement l'ordre dans lequel ces chapitres se présentent.
- Sauriez-vous dire à quel chapitre correspond chacun des titres inventés ?
- Et pourriez-vous de mémoire remettre ces chapitres dans leur ordre d'origine ?
Par ailleurs, nous avons glissé dans la liste ci-dessous un dix-septième titre qui ne correspond à aucun chapitre du livre. Quel est cet intrus ?

A. L'officier des cuisines
B. On a bien rigolé
C. La buanderie
D. Une soirée mondaine
E. Comment traverser la rue
F. Léonce
G. Un bisou, Nicolas !

H. Le cadeau de M. Moucheboume
I. Vive l'obscurité !
J. La visite de l'inspecteur
K. Les cinquante tablettes de chocolat
L. Papa fait des économies
M. Le bijou de Geoffroy
N. Rien ne va plus !
O. La vengeance des Vengeurs
P. Le vélomoteur
Q. Comment reconnaître la bande

Les reconnaissez-vous ?

Les indications de la liste ci-dessous permettent d'identifier quatre copains de Nicolas.
Sauriez-vous les reconnaître en précisant à quel personnage correspond chaque phrase ?

1. Son grand frère l'a déçu.
2. Il n'a pas l'intention de lui laisser sa chambre.
3. C'est un spécialiste des lettres anonymes.
4. Avec 10 francs, il s'achèterait bien cinquante tablettes de chocolat.
5. Lui non plus n'apprécie pas d'avoir un petit frère.
6. Le Bouillon l'a accusé d'introduire des objets dangereux dans l'école.
7. Son poing part plutôt vite.
8. Il aimerait bien savoir ce que ça mange un petit frère.
9. C'est lui qui a eu l'idée de l'insigne.
10. Il aurait bien voulu rester au fond de la buanderie.
11. Cet imbécile a aussi apporté un coquillage.
12. Grâce à lui, il y a des lauriers sur l'insigne des Vengeurs.

Solutions page 185

2
AU FIL DU TEXTE

JOACHIM A DES ENNUIS

Si ce n'est toi...

Joachim et son petit frère finiront-ils par bien s'entendre plus tard ? L'histoire ne le dit pas. Mais si c'était le cas, peut-être deviendraient-ils aussi célèbres que certains frères dont le nom reste attaché à de grandes réalisations scientifiques ou artistiques ? Voici une liste de noms portés par des frères qui se sont illustrés à des titres divers au cours des siècles. Parmi tous ces noms figure également celui des trois sœurs célèbres. En vous aidant au besoin d'un dictionnaire, sauriez-vous dire, d'une part, dans quels domaines ces frères ont acquis leur gloire et, d'autre part, quel est le nom des trois sœurs qui se sont glissées parmi eux ? (Pour vous faciliter la tâche, sachez que l'une d'elles a écrit le célèbre roman, *Les Hauts de Hurlevent*.)

Wright - Lumière - Marx - Brontë - Montgolfier - Kennedy - Corneille - Strauss - Grimm

Solutions page 185

En prenant de l'âge...

Lorsqu'il aura grandi, le frère de Joachim aimera peut-être les devinettes. En voici une qu'il pourrait alors vous proposer de résoudre :
Mon frère a trois ans de plus que mon cousin.
Ma mère, qui a cinq ans de plus que ma tante, avait vingt-six ans à la naissance de mon frère.
A l'époque, je n'étais pas encore né, car j'ai quatre ans de moins que mon cousin.
Lorsque j'aurai l'âge que ma tante avait à ma naissance, j'aurai le double de l'âge que mon cousin aura dans un an.
- Quel est mon âge ?
- Celui de mon cousin ?
- Celui de ma mère ?
- Celui de ma tante ?
- Et bien sûr... celui de mon frère ?

Solutions page 186

Des frères un peu spéciaux...

Voici à présent une grille de mots croisés que vous devrez remplir à l'aide des définitions ci-dessous. Vous pourrez alors lire en diagonale, de la case 1 à la case 6, le nom de frères célèbres, mais peu recommandables...

Horizontalement :

I. C'est à cause d'elle que la lampe de Nicolas ne marche plus
II. Le dieu du soleil chez les anciens Egyptiens - En a donc pris connaissance
III. Il est difficile à réveiller
IV. Note de musique
V. Longue période de temps - Points cardinaux opposés
VI. Il vaut mieux en avoir du bon...

Verticalement :

1. Ils ne sont pas ennuyeux
2. Unité qui sert à mesurer certaines surfaces
3. Préposition
4. Petite île
5. Un pronom qui le désigne
6. Ce n'est vraiment pas grand-chose.

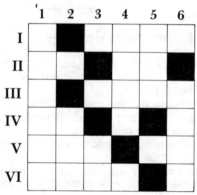

Solutions page 187

LA LETTRE

Un léger décalage

Voici la lettre que Nicolas envoie au patron de son père :

Cher Monsieur,

C'est avec plaisir que j'ai eu la grande surprise de recevoir votre merveilleux cadeau.

Avec mes salutations respectueuses.

Une lettre qui pourrait sembler banale, si elle n'était pas signée du petit Nicolas ! Vous voulez la rendre plus amusante ? Pour cela, il suffit de prendre un dictionnaire et de remplacer les noms, verbes et adjectifs de cette lettre par les mots de même catégorie (noms communs, verbes et adjectifs) qui les suivent immédiatement dans les pages du dictionnaire. Par exemple, le mot qui suit « monsieur » est « monsignore ». Le verbe qui suit « recevoir » est « réchampir », etc. En procédant ainsi, on obtient le texte suivant :

Cher Monsignore,

C'est avec plan que j'ai avoisiné la grandelette surproduction de réchampir votre mésentérique cadenas.

Avec mes salutistes respirables.

En l'occurrence, il n'a pas été tenu compte des mots composés (on trouve par exemple « surprise-partie » après « surprise ») ; de même, les expressions passe-partout telles que « cher » ou « c'est » ont été conservées. On peut procéder de manière identique en choisissant, cette fois, le deuxième mot qui suit dans le dictionnaire celui que l'on veut remplacer, ou encore le mot qui précède, et ainsi de suite.

Faites alors un concours avec vos camarades de classe : écrivez chacun une lettre en prenant pour modèle celle de Nicolas et en remplaçant chaque terme de la manière indiquée ci-dessus. Lisez ensuite le résultat à haute voix. Le texte qui aura fait le plus rire vos auditeurs sera déclaré gagnant.

Et si Nicolas n'avait pas écrit sous la dictée ?

Imaginez que le père de Nicolas ait laissé son fils écrire librement sa lettre de remerciement à M. Moucheboume. A votre avis, quel aurait été le texte de cette lettre ? Écrivez-la vous-même en quelques lignes, en vous inspirant de la façon dont Nicolas parle habituellement.

Avez-vous des lettres ?

Le mot « lettre » est employé dans diverses expressions de la langue française. Voici cinq de ces expressions :
Rester lettre morte - Avoir ses lettres de noblesse - Au pied de la lettre - Comme une lettre à la poste - Avoir des lettres.
Sauriez-vous donner le sens de chacune d'elles ?
Essayez d'écrire un petit texte, sur un sujet de votre choix, dans lequel vous vous efforcerez d'employer au moins trois de ces expressions.

Solutions page 187

LA VALEUR DE L'ARGENT

Le prix des mots

La grille de mots croisés que nous vous proposons ci-dessous vaut une petite fortune... Elle ne contient en effet que des noms de monnaies, anciennes ou modernes, qui ont la particularité d'être également des noms communs, verbes ou adjectifs. Or, précisément, pour vous permettre de trouver ces mots, nous ne vous donnerons que des définitions relatives au sens qu'ils ont dans la vie courante.

Ainsi, par exemple, la définition de « franc » est : loyal, sincère ; et non pas : monnaie ayant cours en France. Le mot « franc » est déjà inscrit dans la grille.

1. Loyal, sincère
2. On en prend un ou deux, rarement davantage
3. Indique l'action qui est la vôtre en ce moment
4. C'est le grand chef
5. Il servait à se protéger
6. On marche dessus
7. Sur la tête du 4
8. S'il vous tombe des mains, c'est mauvais signe...
9. Indispensable à tout artiste

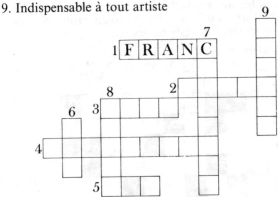

Lorsque vous aurez rempli la grille, dites dans quel pays est ou était utilisée chacune des monnaies que vous aurez ainsi découvertes.

Solutions page 187

ON A FAIT LE MARCHÉ AVEC PAPA

Le sac à provisions

A votre tour de faire le marché. Pour cela, vous allez devoir remplir votre panier à provisions. Les mots que vous aurez à découvrir en vous aidant des définitions ci-dessous désignent des marchandises que l'on trouve couramment sur les étals : charcuterie, boissons, fleurs, fruits, épices, etc. Lorsque vous aurez rempli votre panier, rendez-vous à la page des solutions pour vérifier que vous n'avez rien oublié et que vous ne vous êtes pas trompé dans la liste des courses...

Horizontalement

I. Ce sont des saucisses minces et longues que l'on sert le plus souvent grillées – II. Marjolaine, si vous préférez – III. Si vous en avez beaucoup, vous pourrez tout acheter sur le marché. C'est un gâteau sec qui, heureusement, n'est pas fabriqué sur les plages... – IV. Brut ou doux, selon les cas. Morceau de viande – V. Fera plaisir à votre chien. De droite à gauche : qualifie une succulente saucisse d'Auvergne – VI. Un peu de caramel. S'il est grand, votre vin sera bon – VII. Ginger le précède souvent. Personne ne vous en vendra sur le marché, bien que certains s'en nourrissent... – VIII. Inutile d'aller jusqu'en Hollande pour vous les procurer. Un zeste de zeste...

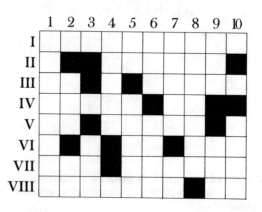

Verticalement

1. Qu'il soit dans un pain, un gâteau ou une tasse, il est toujours délicieux – 2. Un morceau de choix dans le veau. Petit biscuit bien connu qui n'a rien à voir avec les livres – 3. Il en faut pour éviter la fadeur – 4. Il ne faut surtout pas en être une, bien qu'elle soit bonne à manger... – 5. Morceau de porc. De bas en haut : mieux vaut en manger qu'en recevoir – 6. Une fleur à offrir à la saison du blanc. Aucune ne doit rester vide si vous voulez remplir entièrement votre panier... – 7. Une plante ornementale qui vient du Mexique. Tranche de poisson – 8. Vient également du Mexique, mais il s'agit cette fois d'une sauce dont il vaut mieux faire un usage modéré... – 9. Dans la vanille. Bien qu'on le présente parfois dans un bol, il ne faut pas essayer de le boire... – 10. Tête de sanglier.

LES CHAISES

Assis !

1. Vous savez tous ce qu'est une bergère, un cabriolet ou un crapaud. Mais pourriez-vous dire quel genre de siège désigne également chacun de ces mots ? Cherchez dans un dictionnaire si vous ne le savez pas.

2. Voici à présent une liste de sièges qui vous sont sans doute plus familiers. Essayez de définir en quelques mots chacun d'entre eux ou, à défaut, efforcez-vous de les dessiner :
Canapé - chauffeuse - divan - méridienne - pouf - strapontin - trône - rocking-chair - transatlantique.

Mise en pièces

La buanderie dans laquelle Nicolas et ses copains doivent momentanément suivre la classe est une pièce dans laquelle on lave le linge.
1. Imaginez que Nicolas soit amené à visiter une maison traditionnelle ; on lui montrerait différentes autres pièces, notamment celles-ci :
L'antichambre - le hall - le vestibule - la véranda - le cellier - le patio - la salle de billard.
Savez-vous à quoi sert chacune de ces pièces ?

2. Imaginez maintenant la visite de Nicolas découvrant ces divers endroits. Ecrivez, en imitant sa façon de s'exprimer, un petit texte dans lequel il racontera sa visite. Si le sujet vous inspire, inventez quelques péripéties qui pourraient survenir dans l'une ou l'autre de ces pièces.

LA LAMPE DE POCHE

Jeu de mots

Voici une grille dans laquelle vous devrez placer dix mots pris dans ce chapitre. Essayez de les retrouver à partir des définitions suivantes :

1. Sans elle, on ne ferait plus de fautes.
2. Elle fait le bonheur d'Agnan.
3. Elle fait du calcul un art ou une corvée.
4. Il peut lui arriver d'être intime.
5. La rivière en a un aussi.
6. Quand ils sautent, ce n'est pas de joie.
7. De toute façon, elle roule.
8. Nicolas y va quand ses parents se disputent.
9. Il n'est pas toujours en métal.
10. Alceste aurait certainement préféré qu'il en ait autant que son nom l'indique.

Solutions page 188

LA ROULETTE

Les remontrances du Bouillon

Le dessin de la page 69 illustre les remontrances du Bouillon aux élèves. En le recopiant, le dessinateur a changé la bulle.

A votre tour, pouvez-vous réécrire les propos du Bouillon en tenant compte de ce nouveau dessin ?

LA VISITE DE MÉMÉ

Où il y a de l'Eugène...

Page 77, il est question d'Eugène, le frère du père de Nicolas. Apparemment, la mère de Nicolas n'apprécie guère les visites de son beau-frère. Alors, imaginez qu'au lieu de Mémé ce soit l'oncle Eugène qui soit venu passer quelques jours dans la famille.
- Quels cadeaux aurait-il pu apporter à Nicolas ?
- De quelle façon aurait-il changé les habitudes de la maison ?

Essayez d'écrire un petit texte à la manière de Nicolas en racontant la visite d'Eugène, l'exaspération de la mère face à ce beau-frère encombrant et les conflits qui pourraient en découler.

LEÇON DE CODE

Circulez !

Plutôt dangereux ce carrefour ! Sept infractions y ont été commises. Saurez-vous toutes les trouver ?

Solutions page 188

LEÇON DE CHOSES

Bric-à-brac

1. Et vous, qu'auriez-vous apporté en classe si vous aviez été à la place de Nicolas ? Décrivez ou dessinez un objet auquel vous tenez particulièrement et qui évoque pour vous des souvenirs précis ; racontez en quelques lignes ces souvenirs.

2. Imaginons à présent que vous ayez le pouvoir de créer, à partir d'objets réels, d'autres objets qui, eux, n'existent pas. Prenons, à titre d'exemple (tout à fait arbitraire) un saxophone et un percolateur. En mélangeant les deux mots, on peut obtenir au choix un saxolateur, un percophone, un sarcolateur ou encore un pexophone.

Inspirez-vous de ce procédé pour essayer d'inventer, à partir de deux ou plusieurs mots choisis par vous, des noms composites, puis dessinez ou décrivez les objets que ces noms vous suggèrent. Par exemple, un saxolateur pourrait être un instrument de musique qui fait du café.

Jouez à ce jeu à plusieurs : à partir d'un mot inventé, chacun décrira ce que ce mot évoque à ses yeux. Comparez les différentes versions et constituez ainsi une liste d'objets étranges. Qui sait ? Peut-être pourrez-vous alors fabriquer certains d'entre eux, donnant de cette façon une réalité aux fruits de votre imagination.

Charade

En résolvant cette charade, vous saurez quel objet aurait pu apporter Clotaire.

Les femmes peuvent enrouler mon premier sans danger autour de leur cou.
Mon deuxième est un pronom personnel.
Mon troisième est divertissant.
Mon quatrième désigne familièrement une difficulté.
Mon tout est agréable à écouter.

Solutions page 188

A LA BONNE FRANQUETTE

La bonne société

Les parents de Nicolas s'efforcent de paraître plus riches qu'ils ne sont aux yeux de M. et Mme Moucheboume pour faire semblant d'appartenir à leur monde. Mais imaginons à présent que ce soient les parents de Nicolas qui aient été invités par les Moucheboume ; dans ce cas, peut-être ceux-ci essaieraient-ils, au contraire, de dissimuler leur richesse pour ne pas mettre leurs invités mal à l'aise. Par exemple, ils renverraient la bonne pour la soirée, Mme Moucheboume ferait elle-même la cuisine alors qu'elle n'en a pas l'habitude, M. Moucheboume choisirait, pour accompagner le repas, un vin d'une qualité moyenne au lieu des grands crus qu'il boit les autres jours, etc.

Essayez d'imaginer et de raconter à la manière de Nicolas une telle soirée au cours de laquelle tous les efforts des Moucheboume pour paraître modestes auraient des conséquences burlesques.

LA TOMBOLA

Les billets gagnants

Voici trois séries de quatre billets de tombola. Dans chaque série, nous indiquons le numéro des trois premiers billets. Pour découvrir les billets gagnants, vous devez déduire, d'après la progression logique des numéros des trois premiers billets, quel numéro doit forcément figurer sur le quatrième billet.

Par exemple, dans la série 336-342-348, vous constaterez qu'on ajoute 6 au numéro qui précède pour obtenir le numéro suivant ; par conséquent le numéro du quatrième billet ne peut être que 354.

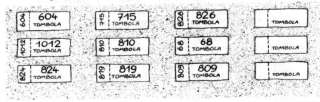

A vous de jouer maintenant. Lorsque vous pensez avoir découvert les numéros des trois billets gagnants, rendez-vous à la page des solutions pour savoir si vous avez décroché le gros lot...

L'INSIGNE

A chacun son insigne

Voici cinq insignes. Compte tenu de ce que vous connaissez des amis de Nicolas, à qui les attribueriez-vous ?

Pouvez-vous reconstituer l'insigne réalisé par Eudes à partir des indications contenues dans ce chapitre ?

LE MESSAGE SECRET

Lettre anonyme

Voici un message constitué à l'aide de mots découpés dans un journal : apparemment, il n'a aucun sens, mais si vous vous donnez la peine de chercher, vous découvrirez peut-être le code qui permet de le déchiffrer.

CELUI QUI VIENDRA VOIR LA MAITRESSE QUI
PUNIT AURA INTÉRÊT A AVOIR TROUVÉ LE
BOUILLON SI LE PRÉSENT CODE NE PAYE
PAS AUSSITOT IL SERA VAIN DE LE
CONJUGUER LE DIGNE SUCCESSEUR DE L'INDICATIF
VA LA DÉMOLIR CAR LA BANDE CHOUCHOU
DES COPAINS DEVIENDRA CELLE DES CRUELS VENGEURS

Solutions page 189

JONAS

Jouez au petit soldat...

Voici une série de sept soldats en uniforme. En vous aidant de la liste que nous donnons ci-dessous, essayez de replacer chacun de ces soldats à son époque.

1. Epoque gauloise
2. Rome antique
3. Moyen Age
4. XVIIe siècle (mousquetaire)
5. Premier Empire
6. Révolution française
7. Première Guerre mondiale

A   B   C   D

E   F   G

Illustrations de Jean-Louis Besson

Solutions page 190

Aux armes !

Canon, fusil, bélier, bombe, cartouche, bombarde, mine :
tous ces mots désignent des armes courantes dans toutes
les armées du monde, mais ils ont également un autre sens
dans la vie quotidienne.

Sauriez-vous donner les deux sens de chacun de ces mots,
celui qu'il a dans l'armée et dans le civil ?

LA CRAIE

L'école est finie

Voici une grille dans laquelle vous devrez placer dix mots
pris dans ce chapitre. Essayez de les retrouver à partir des
définitions suivantes :

1. Personne ne l'est dans la bande des Vengeurs !
2. Elle part en fumée.
3. Alceste y mettrait plutôt son goûter.
4. On était supposés rigoler avec elle.
5. La maîtresse le demande souvent.
6. Elles sont plutôt sur les murs.
7. C'est ainsi que certains quittent la classe.
8. Il n'y a pas que les filles qui y jouent.
9. Personne n'aime y aller, sauf Agnan.
10. On la retrouve dès qu'on sort de l'école.

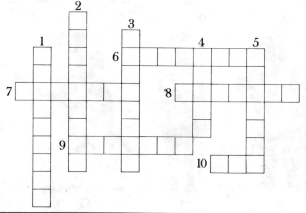

Solutions page 190

3
QUAND LES ENFANTS RACONTENT...
DANS LA LITTÉRATURE

Huckleberry Finn

Huckleberry Finn est un jeune garçon débrouillard qui fuit l'école et a décidé qu'il assumerait lui-même son éducation. Il raconte les aventures extraordinaires qu'il partage avec son ami, Tom Sawyer, sur les bords du Mississippi.

« Si vous n'avez pas lu *Les Aventures de Tom Sawyer*, vous ne savez pas qui je suis, mais ça n'a pas d'importance. C'est M. Mark Twain qui a fait ce livre, et ce qu'il y raconte, c'est la vérité vraie, presque toujours. Il exagère quelquefois, mais il n'y dit guère de menteries. Bah ! ce n'est pas bien grave... Ça arrive à tout le monde de mentir de temps à autre, sauf à tante Polly peut-être, ou à la Veuve, ou encore à Mary ? On parle de tante Polly dans ce livre – la tante Polly de Tom – et de Mary, et de la veuve Douglas ; et presque tout ce qui s'y passe est vraiment arrivé, malgré quelques exagérations, je vous l'ai déjà dit.

Eh bien ! voici comment finit le livre : l'argent que les voleurs avaient caché dans la caverne, Tom et moi, nous l'avons trouvé. Nous étions riches. Nous avons partagé : six mille dollars en pièces d'or ! Quel tas d'argent ça faisait quand on les mettait en pile ! Alors, le juge Thatcher les a emportées pour les mettre à la banque, et depuis nous touchons un dollar d'intérêt, Tom et moi, chaque jour que Dieu fait. Qui pourrait dépenser tout ça ! La veuve Douglas m'a adopté et a juré de me transformer en civilisé ; mais la vie était dure chez elle, car toutes ses habitudes étaient terriblement régulières et convenables. Aussi, quand j'en ai eu assez, j'ai filé. J'ai remis mes loques et repris mon tonneau, et me voilà libre et content. Mais Tom Sawyer m'a retrouvé : il voulait former une bande de brigands : "Tu seras des nôtres, me dit-il, si tu retournes chez la Veuve et si tu te conduis bien." C'est pour ça que je suis revenu. »

Mark Twain,
Huckleberry Finn,
traduction de Suzanne Nétillard,
© La Farandole

Treize à la douzaine

Les Gilbreth ; une famille peu ordinaire de douze petits rouquins, soumis ou révoltés devant un père dont l'esprit inventif crée sans cesse des situations inattendues. Frank et Ernestine, deux des enfants, racontent leur enfance...

« Abandonnés à nous-mêmes, nous nous promenâmes sur la pelouse où nous formions un petit groupe empesé, inconfortable et vindicatif. Nous étions fatigués de nous tenir si bien, et nous avions envie que papa fût là pour nous distraire un peu.

– A la maison, souffla Martha, les enfants sont en visite quand les grandes personnes le sont, *ils* n'ont pas besoin de rester à attendre dans le jardin comme des pestiférés.

– Eh bien ! chère Martha, imita Ernestine prenant un ton choqué, où avez-vous appris un si vilain mot ?

– A la maison, continua Martha, on trouve les enfants capables de se coiffer eux-mêmes et on ne leur fait pas porter des rubans si serrés qu'ils ne peuvent même pas remuer les sourcils.

– Regardez la patte de ma culotte ! dit Bill, la montrant du doigt.

Un arrosoir mécanique tournait sur la pelouse, non loin de nous. Martha arracha le ruban de ses cheveux, le jeta par terre et se mit délibérément la tête sous le jet d'eau.

Anne et Ernestine étaient horrifiées.

– Martha, crièrent-elles, es-tu folle ? Veux-tu sortir de là !

Martha renversa la tête et se mit à rire. Elle ouvrit la bouche pour attraper de l'eau et remua avec extase ses sourcils enfin libres. Tout empois quitta ses vêtements et ses cheveux se mirent à pendre sur son visage.

Frank et Bill la rejoignirent sous la douche. Puis ce fut le tour d'Ernestine qui laissa Anne, l'aînée, à son dilemme habituel : prendre notre parti à tous ou celui des grandes personnes. Elle savait bien que son rôle d'aînée la rendait responsable, quel que fût son choix.

– Viens et mouille-toi, lui criâmes-nous, ne sois pas un traître, l'eau est délicieuse.

Anne soupira, dénoua ses cheveux et nous rejoignit.

L'une des tantes nous appela de la maison.

– Allons, mes chéris, c'est le moment de venir voir les invités.

Nous entrâmes l'un après l'autre dans le living-room où nos vêtements dégoulinants répandirent des flaques sur les tapis persans de Grosie.

– Eh bien ! je pense qu'ils font comme chez eux, maintenant ! dit maman un peu tristement. Vous, les enfants, écoutez-moi, montez et changez-vous, pas de bêtises. Je vous veux ici, en bas, secs, dans dix minutes. C'est compris ?

Nous comprenions. Ça, c'était une façon de parler que nous comprenions. »

Ernestine et Franck Gilbreth,
Treize à la douzaine,
traduction de J.N. Faure-Biguet
© Pierre Horay

Fantasia chez les ploucs

Billy en a passé de bons moments en compagnie de son père, Sam Noonan. Mais lorsqu'il est arrivé dans la ferme de son oncle Sagamore, ce qu'il a vécu a dépassé ses rêves les plus fous ! Comme il le dit lui-même au début de son histoire : « Ah ça ! pour un été, c'était un fameux été ! »

« – Ça va, Sam ?

On se retourne pile et on voit un bonhomme adossé au montant de la porte, un fusil au creux du bras. Moi, j'écarquille les yeux parce que je vois pas d'où il a pu sortir, vu que la maison était vide la minute d'avant et qu'on ne l'avait pas entendu venir.

Il est grand et fort ; plus grand que Pop, et il porte une salopette sur un tricot. Il a des petits yeux tout noirs et un grand nez crochu, avec une barbe qui lui monte jusqu'aux yeux, une barbe pleine de sueur qui lui cache presque toute la figure. Ses cheveux noirs broussailleux commencent à blanchir et ils poussent longs et drus jusque sur ses oreilles, mais il a une grande tache blanche toute dégarnie depuis le front jusque derrière la tête. Sur le devant de la salopette, on voit des longs poils noirs qui couvrent sa poitrine et lui ressortent dans le cou par l'ouverture du tricot.

Ses petits yeux noirs, brillants et durs, ont l'air de rigoler en nous regardant, mais avec quelque chose qui rappelle un loup. Il a une grosse bosse à la joue gauche, et tout d'un coup, sans bouger la tête ni rien, il pince ses lèvres et un gros paquet de jus de chique raide comme une balle vole à travers la véranda par-dessus les marches et atterrit dans la cour : « *Ptt. - flac !* »

– En visite ? il demande.

– Sagamore ! fait Pop. Vieux bandit !

"Tiens, c'est mon oncle Sagamore", je me dis. Mais je voyais toujours pas d'où il pouvait sortir, ni comment il s'était trouvé là tout d'un coup sans qu'on l'entende.

Il pose le fusil contre le mur et il regarde Pop :

– Ça fait une tirée qu'on ne t'a pas vu, Sam.

– Dans les dix-huit ans, j'ai idée.

On monte tous les trois sur la véranda, ils se serrent la main et on s'accroupit sur les talons devant la porte.

– D'où que t'es sorti, mon oncle Sagamore ? je demande. J'étais dans la maison y a pas une minute et je t'ai pas vu. Et qu'est-ce qu'il construit, ce bonhomme, là-bas près du lac ? Et pourquoi que t'as pas été mettre tes peaux de vaches plus loin de la maison ?

Il se tourne vers moi, après quoi il regarde Pop :

– Ton garçon, Sam ?

– Ouais, c'est Billy.

Mon oncle Sagamore hoche la tête d'un air entendu :

– Il fera quelqu'un de capable, plus tard. Il en pose, des questions ! Pour peu qu'il se trouve quelqu'un pour lui répondre, il finira par en savoir plus long qu'un juge de paix. »

Charles Williams,
Fantasia chez les ploucs,
traduction de Marcel Duhamel,
illustration de Tardi,
© Gallimard

La Vie devant soi

L'histoire d'amour d'un petit garçon arabe, Momo, pour une très vieille femme juive, madame Rosa. Ce roman de Romain Gary, qu'il signa Emile Ajar, reçut le prix Goncourt en 1975.

« Au début, je ne savais pas que madame Rosa s'occupait de moi seulement pour toucher un mandat à la fin du mois. Quand je l'ai appris, j'avais déjà six ou sept ans et ça m'a fait un coup de savoir que j'étais payé. Je croyais que madame Rosa m'aimait pour rien et qu'on était quelqu'un l'un pour l'autre. J'en ai pleuré toute une nuit et c'était mon premier grand chagrin.

Madame Rosa a bien vu que j'étais triste et elle m'a expliqué que la famille ça ne veut rien dire et qu'il y en a même qui partent en vacances en abandonnant leurs chiens attachés à des arbres et que chaque année il y a trois mille chiens qui meurent ainsi privés de l'affection des leurs. Elle m'a pris sur ses genoux et elle m'a juré que j'étais ce qu'elle avait de plus cher au monde mais j'ai tout de suite pensé au mandat et je suis parti en pleurant.

Je suis descendu au café de monsieur Driss en bas et je m'assis en face de monsieur Hamil qui était marchand de tapis ambulant en France et qui a tout vu. Monsieur Hamil a de beaux yeux qui font du bien autour de lui. Il était déjà très vieux quand je l'ai connu et depuis il n'a fait que vieillir.

– Monsieur Hamil, pourquoi vous avez toujours le sourire ?

– Je remercie ainsi Dieu chaque jour pour ma bonne mémoire, mon petit Momo.

Je m'appelle Mohammed mais tout le monde m'appelle Momo pour faire plus petit. »

Romain Gary,
La Vie devant soi,
© Mercure de France

Eloïse

Une calamité, Eloïse ? Plutôt une petite fille qui s'ennuie dans un grand hôtel de New York, le Plaza, et qui fait preuve, pour se distraire, d'une imagination débordante.

« Eloïse, c'est moi.
J'ai six ans.

Je suis une vraie calamité, paraît-il.
C'est M. Salomone
qui dit ça.
M. Salomone, c'est le directeur du *Plaza*. Il est très poli avec moi,
M. Salomone, et chaque fois que je lui dis :
« Bonjour,
M. Salomone », il me répond : « Bonjour, Eloïse. » Très gentiment.

Ce que j'aime dans la vie, c'est inventer des tas de choses ; ce que je déteste, c'est les histoires à l'eau de rose.

J'ai des journées plutôt bien remplies. Il faut, par exemple, que je m'occupe d'appeler le valet de chambre pour qu'il nettoie mes chaussures de tennis, qu'il les repasse et qu'il me les rapporte le plus vite possible.

Ensuite, il faut que je joue du piano. Puis je me contemple dans la glace.

Après cela, je me poste dans le couloir et quand j'entends des bruits de voix derrière une porte, je me précipite pour écouter.

Puis je cours au dixième étage pour régler les thermostats. On ne sait jamais, ça peut servir.

Je suis si occupée que je me demande bien comment je peux arriver à tout faire. »

Kay Thompson,
Éloïse,
illustrations de Hilary Knight,
traduction de Jean-François Ménard,
© Gallimard

4
SOLUTIONS DES JEUX

Pourriez-vous faire partie
de la bande des Vengeurs ?
(p. 157)

Si vous avez une majorité de △ : vous seriez sans aucun doute admis chez les Vengeurs. Vous avez l'esprit de groupe et, peut-être, suffisamment d'autorité pour devenir le chef de la bande.

Si vous avez une majorité de ☆ : à l'évidence, vous vous sentez bien dans un groupe et les Vengeurs devraient vous accepter. Faites attention, cependant, à ne pas être trop dépendant de la bande, vous risqueriez de ne rester qu'un subalterne.

Si vous avez une majorité de ○ : être dans une bande ne vous intéresse pas. Est-ce par esprit d'indépendance ou à cause d'une trop grande timidité ?

Avez-vous bien lu
« Joachim a des ennuis » ?
(p. 158)

1 : B (p. 15) - 2 : C (p. 16) - 3 : A (p. 16) - 4 : B (p. 25) - 5 : B (p. 28) - 6 : B (p. 51) - 7 : A (p. 53) - 8 : A (p. 59) - 9 : A (p. 72) - 10 : B (p. 80) - 11 : C (p. 97) - 12 : C (p. 98) - 13 : C (p. 108) - 14 : A (p. 111) - 15 : C (p. 119) - 16 : A (p. 122) - 17 : C (p. 130) - 18 : A (p. 132) - 19 : C (p. 146) - 20 : A (p. 153)

Si vous obtenez entre 15 et 20 bonnes réponses : félicitations ! Vous êtes un excellent lecteur. Nicolas, Eudes, Joachim et les autres font partie de vos amis. Ils devraient vous admettre dans la bande des Vengeurs.

Si vous obtenez entre 10 et 15 bonnes réponses : résultat très honorable. Vous connaissez bien Nicolas et ses copains. Mais peut-être devriez-vous leur rendre encore quelques petites visites dans le texte, histoire d'approfondir les relations...

Si vous obtenez entre 5 et 10 bonnes réponses : Nicolas et ses copains vous sont certainement sympathiques, mais de loin. Relisez un peu leurs aventures. Vous verrez, ils gagnent à être connus.

Si vous obtenez moins de 5 bonnes réponses : Nicolas et sa bande ne sont pas vraiment votre genre. Faites attention, car – comme dit Rufus – « on ne se moque pas impunément de la bande des Vengeurs ». (Au fait, savez-vous dans quel chapitre ?)

Chapitres dans le désordre
(p. 159)

A : Jonas - B : La craie - C : Les chaises - D : A la bonne franquette - E : Leçon de code - F : Joachim a des ennuis - G : La visite de Mémé - H : La lettre - I : La lampe de poche - K : La valeur de l'argent - L : On a fait le marché avec Papa - M : Leçon de choses - N : La roulette - O : Le message secret - P : La tombola - Q : L'insigne

L'ordre d'origine : F - H - K - L - C - I - N - G - E - M - D - P - Q - O - A - B

L'intrus : J. La visite de l'inspecteur

Les reconnaissez-vous ?
(p. 160)

Eudes : 1 (p. 146), 7 (p. 139-140), 9 (p. 120)
Joachim : 2 (p. 12), 6 (p. 94), 10 (p. 49)
Rufus : 3 (p. 132), 5 (p. 11), 11 (p. 97)
Alceste : 4 (p. 30), 8 (p. 11), 12 (p. 125)

Si ce n'est toi...
(p. 161)

Les frères Wilbur et Orville Wright furent des pionniers de l'aviation aux Etats-Unis dans les premières années du XXᵉ siècle.
Les frères Louis et Auguste Lumière furent les inventeurs en France du cinéma.
Les frères Edmond et Jules de Goncourt sont des écrivains français du XIXᵉ siècle ; un prix qui porte leur nom est décerné chaque année à un roman contemporain.

Connus sous le nom de Marx Brothers, les frères Chico, Harpo et Groucho ont été de célèbres acteurs burlesques du cinéma américain.

Charlotte, Emily et Anne Brontë sont les trois sœurs qu'il fallait découvrir parmi tous ces frères ; elles ont toutes trois écrit des livres dont le plus connu est *Les Hauts de Hurlevent* que l'on doit à Emily ; les sœurs Brontë étaient anglaises.

Joseph et Etienne de Montgolfier sont des industriels français du XVIIIe siècle qui ont inventé les montgolfières.

John, Robert et Edward Kennedy sont des hommes politiques américains qui ont profondément influencé la société des Etats-Unis ; John Kennedy, qui fut président de son pays, a été assassiné, ainsi que son frère Robert.

Bien entendu, vous connaissez Corneille (Pierre), l'auteur du *Cid*, de *Polyeucte*, etc. Mais saviez-vous que son frère Thomas était également un écrivain célèbre en son temps ?

Johann, Joseph et Eduard Strauss sont des compositeurs autrichiens du XIXe siècle ; Johann Strauss est l'auteur de la fameuse valse, *le Beau Danube bleu*.

Jacob et Wilhelm Grimm sont des écrivains allemands auteurs de contes lus dans le monde entier.

En prenant de l'âge...
(p. 161)

Puisque j'ai quatre ans de moins que mon cousin qui a lui-même trois ans de moins que mon frère, j'ai donc sept ans de moins que mon frère.

Ma mère avait vingt-six ans à la naissance de mon frère ; or elle a cinq ans de plus que ma tante, par conséquent ma tante avait vingt et un ans lorsque mon frère est né, ce qui signifie qu'elle en avait vingt-huit lorsque je suis né moi-même.

Quand j'aurai l'âge que ma tante avait à ma naissance, j'aurai donc vingt-huit ans, ce qui représentera le double de l'âge que mon cousin aura dans un an ; dans un an, mon cousin aura de ce fait 28 : 2 = 14 ans. Donc, il a actuellement 13 ans.

A partir de là, quelques calculs très simples permettent d'établir que j'ai neuf ans, ma mère quarante-deux, ma tante trente-sept ans et mon frère seize. Facile, non ?

Des frères un peu spéciaux...
(p. 162)

C'est bien entendu les frères Dalton qu'il fallait découvrir !

Avez-vous des lettres ?
(p. 164)

Rester lettre morte : se dit de quelque chose qui n'a eu aucun effet ; par exemple : mes recommandations sont restées lettre morte, personne n'en a tenu compte.

Avoir ses lettres de noblesse : se dit de quelque chose dont la tradition est ancienne et estimée.

Au pied de la lettre : d'une manière stricte, sans chercher à aller au-delà des mots.

Comme une lettre à la poste : sans aucune difficulté.

Avoir des lettres : faire preuve d'une bonne culture littéraire.

Le prix des mots
(p. 165)

2. Le *sucre* est la monnaie qui a cours en Equateur.

3. La *lire* est la monnaie italienne.

4. Le *souverain* est une ancienne monnaie anglaise.

5. L'*écu* est une ancienne monnaie française mais on a aujourd'hui repris ce terme pour désigner la monnaie européenne créée en 1979.

6. Le *sol* avait cours jadis en France ; aujourd'hui, on dit un sou. Le sol est également le nom que porte la monnaie péruvienne.

7. La *couronne* est l'unité monétaire que l'on utilise dans la plupart des pays nordiques, notamment au Danemark, en Suède et en Norvège.

8. La *livre* est bien entendu la monnaie anglaise, mais également irlandaise et égyptienne.

9. Le *talent* est la monnaie dont on se servait dans la Grèce antique.

Le sac à provisions
(p. 166)

Horizontalement

I. Chipolatas – II. Origan – III. Or. Sablé – IV. Cidre. Va – V. Os. Ehcès – VI. Ca. Cru – VII. Ale. Espoir – VIII. Tulipes. Ze

Verticalement

1. Chocolat – 2. Ris. Lu – 3. Sel – 4. Poire – 5. Or. Echêp – 6. Lis. Case – 7. Agave. Ps – 8. Tabasco – 9. Anl. Riz – 10. Hure.

Jeu de mots
(p. 169)

1. Orthographe - 2. Ecole - 3. Arithmétique - 4. Journal - 5. Lit - 6. Plombs - 7. Bille - 8. Chambre - 9. Argent - 10. Millefeuille.

Circulez !
(p. 171)

1. Enfants jouant au ballon sur la chaussée - 2. Cycliste roulant sur le trottoir - 4. Voiture prenant une rue en sens interdit - 5. Piéton traversant hors passage pour piétons - 6. Véhicule passant au feu rouge - 7. Piéton traversant au feu vert pour les voitures - 8. Camion en stationnement interdit.

Charade
(p. 172)

Mon tout est une boîte à musique (boa-te-amuse-hic).

Les billets gagnants
(p. 173)

1. A partir du nombre 604, on ajoute un à chaque chiffre qui compose ce nombre : 6 + 1, 0 + 1, 4 + 1 font 715 ; en appliquant le même procédé à chaque nouveau nombre, on obtiendra pour le dernier billet le numéro : 937.

2. Séparez maintenant le nombre 1012 en deux chiffres, 10 et 12, puis retranchez 2 de chacun de ces chiffres : vous obtiendrez 810, c'est-à-dire 8 et 10 ; recommencez, ce qui vous donnera 68 et, pour le quatrième billet : 46.

3. Otez 5 de 824, vous obtenez 819 ; retranchez alors de ce nouveau nombre 5 + 5, soit 10, vous obtenez 809 ; en toute logique, il ne vous reste plus à présent qu'à retrancher 5 + 5 + 5, soit 15, et le numéro du billet gagnant se révèle alors être 794.

Lettre anonyme
(p. 174)

Chaque ligne comporte sept mots ; la clé du code est la suivante : vous devez prendre le premier et le dernier mot de la première ligne, puis le deuxième de l'avant-dernier mot de la deuxième ligne, puis le troisième de l'avant-avant-dernier mot de la troisième ligne ; à la quatrième ligne, on prend le mot central, puis on applique le même principe symétriquement, c'est-à-dire en prenant le troisième et l'avant-avant-dernier mot de la cinquième ligne, puis le deuxième et l'avant-dernier mot de la sixième ligne, et enfin le premier et le dernier mot de la septième ligne.

On obtient ainsi une sorte de croix qui permet, en lisant les mots dans cet ordre, de déchiffrer la phrase suivante :

CELUI QUI AURA TROUVÉ LE CODE SERA DIGNE DE LA BANDE DES VENGEURS.

Si c'est votre cas, bravo ! Mais, si vous n'avez pas trouvé, vous devrez alors conjuguer à tous les temps de l'indicatif et du subjonctif la phrase qui figure en page 133 : « J'ai travaillé comme un fou avec les ciseaux et la colle, et cet imbécile trouve que c'est pas terrible ? » Et prière de respecter la concordance des temps !

Jouez au petit soldat...
(p. 175)

1 : D - 2 : F - 3 : A - 4 : E - 5 : C - 6 : G - 7 : B

Aux armes !
(p. 176)

Un canon sert à tirer des boulets, mais c'est aussi un verre de vin.

Un fusil tire des balles, mais il sert aussi à aiguiser les couteaux.

Un bélier est un animal à cornes, mais c'est également un lourd morceau de bois servant à enfoncer des portes.

Une bombe explose, mais c'est aussi une casquette utilisée en équitation et, si elle est glacée, on la déguste au dessert.

Une cartouche est une munition pour un fusil, une carabine ou un revolver, mais un cartouche est un cadre dans lequel figurent des inscriptions, des armoiries, des indications géographiques, etc.

Une bombarde est un canon ancien, mais c'est aussi un instrument à vent proche du hautbois.

Quant à la mine, elle explose quand on marche ou roule dessus, mais c'est également une galerie souterraine où l'on extrait des minerais, sans oublier les mines de crayon, ainsi que la bonne et la mauvaise mine...

L'école est finie
(p. 176)

1. Froussard - 2. Cigarette - 3. Cartable - 4. Craie -
5. Silence - 6. Affiches - 7. Courant - 8. Marelle -
9. Tableau - 10. Rue.

Table

FOLIO JUNIOR EDITION SPÉCIALE

20 titres déjà parus

Les Contes bleus du chat perché — Marcel Aymé
Les Contes rouges du chat perché — Marcel Aymé
L'Enfant et la rivière — Henri Bosco
Charlie et la chocolaterie — Roald Dahl
Le Pays où l'on n'arrive jamais — André Dhôtel
Bulle ou la voix de l'océan — René Fallet
Sa Majesté des Mouches — William Golding
La Sorcière de la rue Mouffetard — Pierre Gripari
Le Vieil Homme et la mer — Ernest Hemingway
Le Lion — Joseph Kessel
Lullaby — J.M.G. Le Clézio
L'Appel de la forêt — Jack London
Poil de carotte — Jules Renard
Joachim a des ennuis — Sempé/Goscinny
Les Vacances du petit Nicolas — Sempé/Goscinny
Le Poney rouge — John Steinbeck
L'Ile au trésor — R.L. Stevenson
Vendredi ou la vie sauvage — Michel Tournier
Les Aventures de Tom Sawyer — Marc Twain
Niourk — Stefan Wul

19 titres à paraître en novembre et décembre 1987

Le Roman de Renart — Anonyme
Les Bottes de sept lieues — Marcel Aymé
Alice au pays des merveilles — Lewis Carroll
La Potion magique de Georges Bouillon — Roald Dahl
Tartarin de Tarascon — Alphonse Daudet
Lettres de mon moulin — Alphonse Daudet
L'Arbre aux souhaits — William Faulkner
Le Roman de la momie — Théophile Gautier
Treize à la douzaine — Ernestine et Frank Gilbreth
Le Gentil Petit Diable — Pierre Gripari
Helen Keller — Lorena A. Hickok
Histoires comme ça — Rudyard Kipling
Le Livre de la Jungle — Rudyard Kipling
La Guerre des boutons — Louis Pergaud
Contes de ma mère l'Oye — Charles Perrault
Contes pour enfants pas sages — Jacques Prévert
Le Petit Prince — Antoine de Saint-Exupéry
Les Récrés du petit Nicolas — Sempé/Goscinny
Les Disparus de Saint-Agil — Pierre Véry